孩子愛讀的漫畫四大名著

紅樓夢

曹雪芹　原著

 園丁文化

看漫畫　讀名著　品經典

最妙趣橫生的紙上閱讀

中國四大古典文學名著《三國演義》、《水滸傳》、《西遊記》和《紅樓夢》是中華民族智慧的結晶，具有極其珍貴的文學藝術價值，為我們提供了寶貴的文獻資料，滋養了一代又一代人的精神世界。

法國思想家笛卡兒說：「閱讀優秀名著就像和高尚的人進行交談，他們在談話中向我們展示出非凡的智慧和思想。」讓小朋友從小閱讀名著，領略傳統文化的精髓，是增長見識、提高修養的有效方式。

然而，四大文學名著成書於明清時期，由於語言古雅，篇幅較長，使很多小朋友望而卻步，錯過了接觸文學精品的機會。而漫畫是一種深受小朋友喜愛的閱讀形式，以生動、形象、幽默著稱。一幅幅色彩斑斕

的圖畫，將跌宕起伏的精彩故事表現得淋漓盡致，其人物鮮明有趣的造型、生動的表情及鮮活的性格躍然紙上，讓孩子在趣味盎然的閱讀中感受名著的魅力。

本套叢書精選了原著裏最精彩、最生動的故事，請來一批優秀的插畫家繪製精美的漫畫，為小朋友展開一次奇妙的紙上閱讀之旅，讓古典名著變得可親、可讀、可感、可賞：親歷龍吟虎嘯的三國傳奇，且看諸葛亮如何草船借箭；加入激昂悲壯的梁山聚義，目睹英雄武松景陽岡打虎；開始一段新奇玄幻的取經之行，跟齊天大聖一起三打白骨精；做一場榮衰無常的紅樓情夢，感歎賈寶玉和林黛玉的淒美愛情。

與經典同行，和漫畫共舞，讓經典的魅力歷久彌新。希望本套叢書能帶給小朋友美好的閱讀體驗，願大家在妙趣橫生的閱讀中與古典文化碰撞出智慧的火花。

主要人物

賈寶玉

林黛玉

薛寶釵

賈母

王熙鳳

王夫人

賈政

探春

薛姨媽

史湘雲

平兒

襲人

晴雯

紫鵑

香菱

劉姥姥

目錄

名著導讀

　　京城的名門望族賈府，世代功勳，深受皇恩，地位顯赫，擁有萬貫家財。衣食住行樣樣講究，婚喪嫁娶極盡排場。說不盡的尊貴，道不完的榮華。

　　在這富貴繁華的深宅大院裏，各色人物粉墨登場：有人銜玉而生，性格乖張；有人才華橫溢，清高敏感；有人艷冠羣芳，世故圓滑；有人雷厲風行，心狠手辣；有人性格直率，快言快語；有人高傲清雅，孤芳自賞；有人伶牙俐齒，桀驁不馴；有人驕奢蠻橫，知法犯法。他們是誰？他們之間會碰撞出怎樣的火花？他們的命運將走向何方？賈府的榮華富貴能否延續下去……這一切，都將在《紅樓夢》中為你層層揭開。

第一回
寶黛初相會

女媧補天時，將一塊沒用上的石頭丟在了青埂峯下。

1 千百年過去，石頭有了靈性，竟感歎自己無才補天。

2 一天，一個僧人和一個道士來到青埂峯下。石頭聽兩人說起人世間的榮華富貴，便求他們把自己帶到人間去。

3 兩位仙人把石頭變成扇墜大小的美玉，讓警幻仙姑投它入世，成為京城望族賈家的公子賈寶玉。

4 這塊靈石在人間走了一趟,又回到青埂峯,並把這些年的經歷都刻在身上。有人把故事抄了下來,從此便在人間流傳。

5 故事裏說,江蘇揚州有個叫林如海的官員,娶了京城望族賈家的賈敏為妻,兩人生了一個體弱多病的女兒,取名黛玉。

6 黛玉六歲那年,母親因病去世了。父女兩人十分傷心。

7 林如海公務繁忙,遠在京城的外祖母怕無人照顧黛玉,就派人接黛玉進京,和自己一起生活。

8 一路上，黛玉心裏很不安。她心想：外祖母家是一個豪門大家庭，有寧、榮兩府，那裏的生活會是什麼樣子呢？

9 到了京城，賈家派車轎到碼頭迎接黛玉。黛玉唯恐自己失禮，小心翼翼地上了轎，不敢多說一句話。

10 路上，黛玉悄悄掀開轎簾一角，看見街道兩旁商舖林立，人來車往，忍不住驚歎：「京城真是個繁華的地方！」

11 過了好一會兒，才到榮國府。這是黛玉的二舅舅賈政和外祖母住的地方，看起來非常宏偉。

12 轎子進了榮國府，又走了一會兒才停下來。黛玉被丫鬟們扶下了轎，她環顧四周，只見整座房屋雕樑畫棟，兩邊是穿山遊廊廂房，掛着五彩花燈，真是美不勝收。

13 進入房中，一位滿頭白髮的老人走了過來。黛玉知道是外祖母，正要下拜，卻被賈母摟在懷裏。兩人抱頭哭了起來。

14 然後，賈母為黛玉一一介紹了大舅母邢夫人、二舅母王夫人、表嫂李紈和迎春、探春、惜春三姐妹。

15 正說話時，一個衣着華貴的婦人進來了。賈母笑着說：「她是你表哥賈璉的妻子王熙鳳，潑辣得很。你可以叫她鳳姐。」

16 鳳姐親熱地拉着黛玉的手，端詳了一陣，笑着對賈母說：「好標緻的姑娘，難怪老祖宗天天想念了！」

17 這時，一個胸前掛着美玉的俊美少年走進來，此人正是寶玉。他和黛玉相視對望，兩人心中都有種似曾相識的感覺。

18 寶玉見黛玉長得美麗清秀，就問她有沒有玉。黛玉搖了搖頭，說：「我想那玉是一件稀有之物，豈能人人都有？」

19 寶玉聽了，罵道：「妹妹都沒有玉，可見這不是好東西！」說着，就扯下胸前的美玉砸向地面。眾人嚇壞了，爭着去撿玉。

20 賈母哄騙寶玉，說：「你是含着它出生的，摔壞了怎麼辦？黛玉原來也有的，只是拿去給母親陪葬了。」寶玉這才平靜下來。

21 賈母讓人給黛玉安排住處，還派丫鬟紫鵑去照顧黛玉。晚上，黛玉想到寶玉因自己而摔玉的事，心裏很難過，不禁哭了起來。

22 黛玉來到賈府後，寶玉、迎春姐妹常來陪伴她。黛玉漸漸適應了這兒的生活。

第二回
劉姥姥來訪

沒多久，與王夫人沾了點親戚關係的劉姥姥來了。

1 劉姥姥拉着外孫板兒拜訪榮國府，説是認親，實際上是想討些施捨。

2 丫鬟把劉姥姥祖孫倆帶到鳳姐的住處。劉姥姥見裏面陳設華麗，驚訝得説不出話來。

3 一個衣着體面、容顏俏麗的姑娘走了出來，劉姥姥以為是鳳姐，急忙跪拜。丫鬟告訴她，這是鳳姐的貼身丫鬟平兒。

15

4 屋裏有一個大鐘，劉姥姥從沒見過，想湊近去看。突然，大鐘發出「噹」的一聲響，把她嚇了一大跳。

5 劉姥姥還沒回過神來，就有丫鬟跑進來說鳳姐回來了，正在隔壁房裏吃飯。平兒讓劉姥姥等着，自己趕緊來到隔壁房。

6 鳳姐吃完飯，丫鬟便撤走剩下來的飯菜。板兒見飯菜還有很多，就吵着要吃肉，被劉姥姥打了一巴掌。

7 這時，一個丫鬟向劉姥姥招手，示意帶他們去見鳳姐。劉姥姥連忙拉着板兒快步跟了過去。

8 劉姥姥進了內堂，看見一個衣着華麗的年輕少婦在炕上坐着，知道是鳳姐，忙跪地叩拜。

9 鳳姐笑着讓劉姥姥坐下，吩咐丫鬟到王夫人那裏去通報一聲。

10 劉姥姥紅着臉説：「家裏連吃的都沒有了，只好帶着板兒來投靠你們。」

11 鳳姐明白了劉姥姥的來意，便叫人端來飯菜，招待劉姥姥和板兒。

12 不一會兒，丫鬟回來了，低聲對鳳姐說：「太太說，她和劉姥姥的關係不是很親。劉姥姥有什麼要求，你看着辦就好。」

13 鳳姐假裝為難地對劉姥姥說：「這個家看起來富裕，實際上並不是這樣。」劉姥姥以為討不到好處，失望地垂下腦袋。

14 「不過，你大老遠跑來，我怎能讓你空手回去？」鳳姐說完，讓平兒去取銀子。劉姥姥聽了，立刻轉憂為喜。

15 劉姥姥收了鳳姐給的銀子，對她謝了又謝，然後拉着板兒，高興地回家去了。

第三回
寶釵進賈府

劉姥姥剛走，賈府又來了一批客人。

1 這天，王夫人的妹妹薛姨媽帶着兒子薛蟠、女兒薛寶釵來拜訪賈家。

2 王夫人與薛姨媽分隔兩地，姊妹難得相見，自然分外高興。王夫人領着薛姨媽拜見了賈母等人，並留她住在賈府。

3 薛姨媽因為全家要在京城待一段時間，便接受了王夫人的邀請，住進了梨香園。

19

4 從此，賈府更熱鬧了。寶玉、寶釵、黛玉、迎春姐妹等整日聚在一起，或下棋，或吟詩，相處得十分融洽。

5 一天，寶玉聽說寶釵病了，便去看望她。薛姨媽招呼寶玉到炕上坐下，起身去準備茶點。

6 寶釵看見寶玉的通靈寶玉上面刻有「莫失莫忘，仙壽恆昌」。丫鬟鶯兒說，這玉和寶釵的金鎖正好配對，真是金玉良緣。

7 寶釵掏出金鎖，只見正反兩面分別刻有「不離不棄」和「芳齡永繼」。寶玉笑著說：「姐姐這八個字倒真與我的玉是一對。」

8 寶玉聞到寶釵身上有一股香味，忙問是什麼香。寶釵說：「可能是我早上吃的冷香丸的香味。」

9 這時，黛玉來了。她一見到寶玉，就笑着對寶釵說：「哎喲，我來得不合時！早知道他來，我就不來了。」

10 寶釵問她這話是什麼意思。黛玉說：「今天他來，明天我來，就不會一天太熱鬧，一天太冷清，這不是更好嗎？」

11 正說話，薛姨媽過來招呼他們去喝茶、吃鵝掌。席間，寶玉說：「吃鵝掌要喝酒才好。」薛姨媽聽了，忙命人給寶玉倒酒。

12 這時，黛玉的丫鬟雪雁送來了暖手爐。黛玉說：「誰叫你送來的？」雪雁說：「紫鵑姐姐怕姑娘冷，叫我送來的。」

13 黛玉笑道：「弄得好像別人家連暖手爐也沒有似的，那不是惹主人生氣嗎？」薛姨媽笑着說，林姑娘想多了。

14 趁着眾人說話時，寶玉已經喝下幾杯酒，心情好極了。

15 寶玉還要喝時，奶娘李嬤嬤上前勸阻道：「老爺今天在家，可能會考你功課呢！」寶玉覺得很掃興，低頭不說話了。

16 黛玉湊近寶玉，小聲說：「別擔心，如果舅舅叫你，就說姨媽留你吃飯。」

17 李嬤嬤說：「林姑娘，你也幫忙勸勸吧！」黛玉冷笑道：「平常老太太也給他酒喝，難道因為姨媽是外人，就不能在這裏喝？」

18 李嬤嬤一聽急得直跺腳。寶釵忍不住笑着在黛玉臉上一擰，說：「好一張利嘴，叫人不知道該喜歡還是討厭。」

19 又吃喝了一會兒，黛玉和寶玉才告別薛姨媽，各自回房去。這一天，大家都玩得很盡興。

第四回
生氣剪香袋

快樂的日子沒過多久，黛玉就收到父親病逝的噩耗。

1　黛玉成了無父無母的孤女，心裏感到十分悲傷。寶玉時常來陪伴她，開導她。

2　此時，賈府卻有一件大喜事。原來，寶玉的姐姐元春被封為賢德妃，第二年正月元宵節將回家省親。賈府上下高興不已。

3　為迎接元妃歸家，賈家花重金建造了一座極具氣派的省親園。這天，賈政帶着朋友進園遊覽，為各處景點題匾。

4 他們剛要進園，正好遇見了寶玉。賈政想試試寶玉的才華，就叫他一起遊園。寶玉向來怕父親，只好從命。

5 走進園內，迎面是假山小徑，藤蘿掩映。寶玉說：「此處題為『曲徑通幽』，既大方又有古意。」賈政聽了，滿意地點頭。

6 眾人繼續往前走，來到一座竹子蒼翠、幽泉淙淙的院子中。寶玉說：「這將是元妃省親時參觀的第一個地方，名字應該包含頌揚意味，用『有鳳來儀』最好！」賓客聽了，都誇寶玉有才情。接著，寶玉又為其他各處擬了「杏簾在望」、「稻香村」、「沁芳」等名字，還題了對聯。

7 賈政見寶玉出來很久了，就叫他先回去。寶玉聽了十分高興。

8 誰知剛出園門，寶玉就被幾個小僕人抱住了。他們說：「寶二爺今天在客人面前出盡風頭，該打賞我們一下！」

9 寶玉問他們要什麼。「我們要這些……」他們一邊說，一邊去解寶玉身上的佩飾。眨眼間，寶玉身上的佩飾都被拿光了。

10 這下，小僕人才心滿意足，簇擁着送寶玉回房去。

11 黛玉正巧來看寶玉，見寶玉身上的佩飾全沒了，就生氣地問道：「我送的荷包你也給人了？」說完，轉身就走。

12 黛玉回到房裏，拿起剪刀剪破了一個快繡好的香袋。那香袋是寶玉請她做的。隨後趕來的寶玉想阻止，已經來不及了。

13 寶玉解開衣領，露出衣服裏的荷包，說：「你看這是什麼？」黛玉見他這樣珍惜自己送的東西，心裏十分後悔。

14 寶玉解下荷包，說：「既然你把為我做的香袋剪了，我把這個荷包也還給你，怎麼樣？」說着，把荷包扔到黛玉懷裏。

15 黛玉覺得委屈極了，拿起剪刀，想把這個荷包也剪破。寶玉一把搶過荷包，笑着說：「好妹妹，饒了它吧！」

16 黛玉氣得把剪刀一扔，躺到牀上抹起眼淚。寶玉便趴在牀邊左一聲「妹妹」、右一聲「妹妹」地賠不是。

17 黛玉煩了，一骨碌坐起來，下牀往外走去。寶玉急忙跟上，一邊走，一邊手忙腳亂地想把荷包繫回到裏面的衣襟上。

18 黛玉見了，搶過荷包，說：「剛才說不要，現在又戴上，也不知道害羞！」說完就笑了起來。就這樣，一場風波總算過去了。

第五回
賈元春省親

元宵節到了，元妃終於要回家省親了。

1 這天，賈府上下還在省親園裏掛燈籠，繫彩綢，為迎接元妃做最後的準備。

2 一切準備就緒，賈母領着眾人在榮國府大門前恭候元妃的到來。不一會兒，浩浩蕩蕩的省親隊伍來了。看着元妃的轎子過來，賈母等人紛紛跪下行禮。

3 元妃坐在轎內，放眼望去，四周花團錦簇，燈火輝映，不禁感歎：「太奢華富貴了！」

4 隨後，元妃來到賈母的房間。她想和普通人家的子女一樣給祖母賈母、母親王夫人請安，賈母和王夫人立刻跪下來扶住了元妃。

5 元妃忙叫她們起來。她一手挽着賈母，一手挽着王夫人，一句話也說不出來，只是默默地流淚。

6 薛姨媽、寶釵和黛玉也上前拜見元妃。她們是元妃進宮以後才來的，元妃沒見過她們，現在看見了，不禁轉悲為喜。

7 元妃笑着吩咐眾人坐下談話。她很久沒和親人團聚了，這次見面，心裏有說不完的話，氣氛漸漸熱鬧起來。

8 這時，賈政在簾外向元妃問安，並告訴她省親園中所有的匾聯都是寶玉題的。元妃聽了十分欣慰，忙叫寶玉進來。

9 見到久別的弟弟，元妃激動得眼泛淚光，抱着寶玉，撫摸着他的頭說：「長高了不少……」

10 鳳姐想活躍一下氣氛，就跟元妃說：「請娘娘起駕遊園吧！」元妃聽了，就讓寶玉領路，和眾人一起向省親園走去。

31

11 進入園中，眾人立刻被各種亭台樓閣、奇花異草吸引住了。寶玉跟在元妃身邊，為她一一解說。

12 來到正殿，元妃傳令大開筵席，還提筆把園名改為「大觀園」，「有鳳來儀」改為「瀟湘館」，「杏簾在望」改為「浣葛山莊」……

13 元妃又命眾姐妹圍繞題名各作詩一首，寶玉作詩四首。看了姐妹們的詩，元妃說：「姐妹中，數寶釵、黛玉兩位才情最高。」

14 寶玉的詩才本來就不及寶釵和黛玉，現在還要一口氣作四首，不禁急得滿頭大汗。他絞盡腦汁，終於寫出了三首。

15 黛玉見了，就偷偷對寶玉說：「我幫你作『杏簾在望』這一首吧！」寶玉聽了，高興不已。

16 黛玉很快就把詩寫好了。她把紙揉成一團，扔到寶玉面前。寶玉連忙拾起，加上前面寫的三首，總算可以交差了。

17 元妃看完寶玉的詩，欣慰地笑了，說：「進步真不小啊！其中要數『杏簾在望』這首寫得最好。」

18 這時，一個小太監拿着戲單來報：「娘娘，戲班已經準備好了。」元妃聽了，就點了四齣戲。

19 唱戲的是幾個小姑娘，雖然年紀小，但是舞姿優美，歌聲動聽，表演十分精彩。大家都看得津津有味。

20 快樂的時光總是很短暫，轉眼就到了回宮的時辰。執事太監啟奏道：「娘娘，時間不早了，請起駕回宮。」

21 元妃拉着賈母、王夫人的手，囑咐道：「你們不用記掛我，要好好保重身體。」大家都難過得說不出話來。

22 元妃依依不捨地登上車轎，踏上了歸程。賈母等人站在大門外，目送隊伍越走越遠，直到看不見才返回府中。

第六回
寶玉編典故

元妃走後，賈府的日子又恢復平淡。

1 一天中午，寶玉過來找黛玉玩。黛玉正躺在牀上午睡，見寶玉來了，就說：「我剛吃了飯，想歇一歇，你先去別的地方玩一下吧！」

2 寶玉卻說：「我哪裏都不想去。」黛玉聽了，笑着坐直身子，說：「那我們就說說話吧！」

3 黛玉看見寶玉臉上有塊鈕扣大小的胭脂，就一邊數落他，一邊拿出手帕幫他擦掉。

④ 寶玉聞到一股幽香，忙問黛玉是什麼奇香。黛玉說：「我有奇香，你有沒有『暖香』？」寶玉聽得一頭霧水。

⑤ 黛玉笑着說：「蠢材，蠢材！你有玉，人家就有金來配你；人家有『冷香』，你就沒有『暖香』去配她？」

⑥ 寶玉見黛玉拿「金玉良緣」來笑話自己和寶釵，就笑道：「居然取笑我，要讓你瞧瞧我的厲害！」說着，就要去搔黛玉的癢。

⑦ 黛玉連忙求饒，躺倒在牀上，用手帕蓋住臉，說：「好了，鬧夠了，我要睡了。」

8 寶玉怕她睡多了會出毛病，就躺在林邊，對她說：「你們揚州衙門最近發生了一件大事！」黛玉忙問是什麼事。

9 「一隻小老鼠說要變成香玉，結果卻變成了一位小姐，還對大家說『鹽政林老爺家的小姐才是真正的香玉呢！』」寶玉說。

10 黛玉這才知道寶玉在作弄她，就擰了一把寶玉的胳膊。寶玉求饒道：「我只是聞到你的香味，才想起這個典故來的。」

11 兩人正打鬧着，寶釵走了進來，便與他們一起說說笑笑。

12 忽然，寶玉房中傳來陣陣叫嚷聲。寶玉不知怎麼回事，連忙往回走。

13 原來，李嬤嬤正在罵寶玉的四大丫鬟之一的襲人躺着偷懶，襲人委屈地哭了。寶玉解釋襲人生病了，可李嬤嬤就是不信。

14 正巧鳳姐過來看見了，就說要請李嬤嬤吃飯。鳳姐邊說邊拉着李嬤嬤往外走，這場風波才得以平息。

第七回
襲人勸寶玉

不久，寶玉和黛玉又多了一個好玩伴。

1 這天，寶玉和寶釵聚在一起聊天。正說得高興，丫鬟來報：「湘雲姑娘來了！」兩人聽了，立即起身向賈母房中走去。

2 史湘雲是賈母的姪孫女，為人活潑爽快，很得賈母歡心。此時，她正跟賈母、黛玉等人說笑，見寶玉、寶釵來了，連忙起身問好。

3 黛玉得知寶玉剛才去了寶釵處，她怨恨寶玉不找自己玩，冷笑道：「難怪，要不早就來了！」說完，賭氣回房去了。

4 寶玉追過來，見黛玉正哭得傷心，忙勸道：「我們從小一起長大，我當然是跟你親一點。」又勸了一會兒，黛玉才止住眼淚。

5 正說着，湘雲來了，笑着說：「二哥哥、林姐姐，你們怎麼不理我？」黛玉取笑湘雲口齒不清，把「二哥哥」叫成「愛哥哥」。

6 湘雲笑着對黛玉說：「我希望你找個口齒不清的姐夫，天天聽他說『愛』！」說完，轉身就跑了。黛玉正要追，卻被寶玉攔住了。

7 這時，寶釵也來了。她笑着勸黛玉別太認真，黛玉不肯。四人鬧得不可開交，直到有人來請他們吃飯，大家這才作罷。

8 這天夜裏，湘雲就住在黛玉房裏。第二天一早，寶玉臉都沒洗就來到黛玉房中，見黛玉她們還在睡覺。

9 寶玉叫醒了黛玉和湘雲，讓紫鵑、雪雁進來伺候她們洗臉，自己也順便在這裏梳洗了一番。

10 正巧寶玉的丫鬟襲人過來請寶玉回房梳洗，見他已經洗好，覺得自己的分內事被別人搶了，很不高興地回房去了。

11 寶釵來找寶玉，襲人便說：「姐妹們關係雖好，但也該知禮節，有分寸！」寶釵聽了，覺得襲人話中有話，便離開了。

12 不久，寶玉回來了，襲人正在氣頭上，對他冷言冷語。寶玉自覺沒趣，整天悶悶不樂。

13 第二天，寶玉起牀了，襲人卻不肯起來，頭也不回地讓他到別處梳洗。寶玉這才知道襲人為自己昨天在黛玉房裏梳洗而生氣。

14 寶玉拿來一根玉簪，「呀嚓」一聲把它折斷了，說：「如果我以後再不聽你的話，就和這簪子一樣！」襲人見寶玉如此認真，就原諒了他。

第八回
快語惹風波

寶釵的生日快到了，賈府變得熱鬧起來。

1 賈母很喜歡寶釵，希望她的生日過得熱熱鬧鬧，就拿出二十兩銀子，叫鳳姐置辦酒席，請戲班來慶祝。

2 生日當天，眾人在院子裏看戲。寶釵點了一齣《山門》。寶玉問她為什麼愛點這種吵吵鬧鬧的戲，寶釵說戲文中有幾處寫得很好，說罷就唸給他聽。

3 當聽到「赤條條，來去無牽掛」時，寶玉拍案叫絕。黛玉把嘴一撇，說：「安靜些看戲吧！」湘雲聽了大笑。

4 賈母很喜歡演花旦的孩子，就讓她過來，賞了些錢和果子。

5 鳳姐說花旦像一個人，湘雲心直口快地說：「我知道，像林姐姐！」寶玉怕黛玉生氣，忙向湘雲使眼色，湘雲卻不理會。

6 戲一完，湘雲就氣沖沖地要收拾行李回家，還說不想在這兒看人臉色。寶玉拉住她說：「我是怕林妹妹生你的氣才這樣做呀！」

7 湘雲甩開寶玉的手，說：「反正你就是覺得我不如你林妹妹！」說完，走到一邊不再理他。

8 寶玉自討沒趣，就去找黛玉。剛走到門口，黛玉就把他推了出去，還把門關上，任憑他怎麼叫喚，也不答理。

9 過了一會兒，黛玉聽門外沒有聲音，以為寶玉回去了，便來開門，卻見他仍站在門口。

10 寶玉趁機走進屋裏。黛玉跑到牀上躺下，氣呼呼地說：「你為什麼對雲兒使眼色？還說我小氣。就算我氣她，也不關你的事！」

11 寶玉覺得又委屈又傷心，垂頭喪氣地回房去了。想到白天的戲文，他提筆寫了一首詩，心裏覺得好過些才上牀睡覺。

12 黛玉有點不放心，過來看寶玉。襲人把寶玉剛才寫的詩拿給她看。黛玉看了覺得可笑，就把詩帶回房去了。

13 第二天，黛玉把寶玉的詩拿給寶釵、湘雲看，還提議一起去找寶玉。

14 來到寶玉房裏，黛玉叫寶玉講解一下詩句。寶玉不好意思地笑了，四人又和好如初。湘雲在賈家又住了一段日子才回去。

第九回
共讀西廂記

元妃省親後，大觀園一直閒置着。

元妃讓你們搬進大觀園。

1 元妃見大觀園景色別致，閒置着可惜，就派人轉告賈母，讓寶玉和姐妹們搬進園裏住。寶玉知道後高興不已。

2 這時，一個丫鬟來傳話：「老爺叫寶二爺過去。」寶玉頓時垂頭喪氣，不情不願地跟着丫鬟走了。

3 寶玉一進屋，就看見賈政與王夫人坐在炕上。賈政叮囑了幾句，讓寶玉用心讀書，便讓他出去了。

4 襲人見寶玉平安回來，放心地笑了，問道：「老爺叫你做什麼？」寶玉說，只是吩咐用功讀書，別無他事。

5 賈政選了個好日子，讓大家搬進了大觀園。黛玉住瀟湘館，寶玉住怡紅院，寶釵住蘅蕪苑，其他人也各安排好了住處。

6 從此，寶玉和姐妹們在園中下棋、釣魚、讀書寫字，生活過得十分開心。

7 一天，寶玉讓叫茗煙的小僕人偷偷去書市買了些古今傳奇小說回來。

8 當時，人們都認為看這些書是不務正業，所以寶玉都是趁沒人在旁邊時一個人偷偷看的。

9 三月某天，寶玉正坐在桃樹下讀《西廂記》，忽然一陣風吹來，桃樹上的花瓣落了寶玉一身。

10 寶玉想起身抖落，又怕踩到落花，就小心翼翼地兜着花瓣來到池塘邊，把花瓣抖入水中。

11 這時，黛玉扛着花鋤花袋，手拿花帚走來。她說：「把花埋到花塚裏，讓它們隨土化了更好。」

12 黛玉見寶玉帶着書，也想看，可寶玉卻遮遮掩掩，把書藏到身後。黛玉堅持要看，寶玉只好把書遞給了她。

13 黛玉看得津津有味。寶玉見她愛讀，就說了句書中的話：「我就是個『多愁多病的身』，你就是那『傾國傾城的貌』。」

14 黛玉滿臉通紅地說：「你這該死的，學了些輕薄的話就來欺負我。我要告訴舅舅、舅母。」說完要走，寶玉忙攔住她。

15 黛玉笑着説：「原來你只是個『銀樣鑞槍頭』！」取笑他虛有其表。「你也説了書裏的話，我也告狀去！」寶玉説完也笑了。

16 寶玉收好書，兩人仔細地把花瓣收拾起來裝進花袋，一起來到花園角上的那個花塚，把花埋了進去。

17 不久，襲人來找寶玉，説：「大老爺病了，老太太叫你過去請安呢！」寶玉只好辭別黛玉，和襲人一起走了。

18 黛玉一人走在回房的路上。到梨香園的牆腳邊時，她聽見園內有人在唱戲，就停下來聽了一會兒，才回瀟湘館去。

第十回
林黛玉傷懷

和黛玉共讀《西廂記》後，寶玉天天往瀟湘館跑。

1 這天，黛玉剛睡醒，正吩咐紫鵑去舀水洗臉。紫鵑見寶玉來了，便說：「寶玉是客人，要先給他倒茶。」說着，就走了出去。

2 寶玉望着紫鵑的背影，忽然想起《西廂記》裏一句取笑丫鬟和小姐的話，不自覺地說了出來。

3 黛玉聽了，哭着說：「你從書上學來的輕薄話，都用來取笑我……」說着，就下牀往外走。寶玉連忙攔住她。

4 這時，襲人急急地走進來，說道：「快回去，老爺叫你呢！」寶玉以為自己又闖了禍，顧不上說什麼，連忙跟著襲人走了。

5 寶玉剛走出園子，就看見茗煙在門外等候。寶玉問：「你在這裏幹什麼？」茗煙指了指前方，說：「先別問，到了那裏就知道。」

6 轉過大廳，寶玉看見了薛蟠。原來，薛蟠讓茗煙把寶玉騙出來，陪他一起玩。寶玉頓時放下心來，跟著薛蟠走了。

7 晚上，寶玉喝得醉醺醺地回來。襲人得知是薛蟠騙他出去玩，忍不住埋怨了兩句。

8 黛玉得知寶玉出去了一天，非常擔心。吃過晚飯，聽說寶玉回來了，她想去問問是怎麼回事，就往怡紅院走。

9 黛玉遠遠地看見寶釵進了怡紅院，就放慢腳步，在沁芳橋上看了一會兒水禽。

10 黛玉來到怡紅院門口，敲了敲門。丫鬟晴雯剛和別人拌嘴，正在生氣，就大聲嚷道：「寶二爺吩咐了，誰來都不開門！」

11 黛玉頓時愣住了，想到自己只是寄住在賈家，也就不好高聲質問。這時，怡紅院內傳出了寶玉、寶釵的笑聲。

12 黛玉以為寶玉不想見自己，傷心極了。於是，她不顧夜深露重，獨自站在牆腳的花陰下低聲哭泣起來。

13 忽然，「吱呀」一聲響，院門打開了，原來是寶玉送寶釵出來。黛玉見了，連忙躲到一旁。等了好一會兒，黛玉才離去。

14 回到瀟湘館，黛玉越想越難過，於是靠着牀欄，一動不動地坐着，直到二更天才昏昏沉沉地睡去。

第十一回
傷心葬落花

第二天是芒種節，當地有祭花神的習俗。

1 大觀園裏的姑娘們在樹上、花枝上繫滿了綾錦紗羅，五顏六色，好看極了。

2 寶釵、迎春、探春、惜春與眾丫鬟在園內玩耍，唯獨不見黛玉。迎春說：「林妹妹怎麼沒來？真是個懶丫頭，難道還在睡覺？」寶釵聽了，打算去瀟湘館找黛玉。

3 快到瀟湘館時，寶釵看見寶玉先走了進去。她怕黛玉誤會自己是跟着寶玉來的，會不高興，就沒有進去。

4 黛玉因為昨夜失眠，早上起晚了，怕被姐妹們取笑，連忙下牀梳洗。

5 黛玉梳洗好來到院中，見是寶玉，就沒有理睬他，快步走出門去。寶玉心中納悶，只好跟在黛玉後面。

6 走了一會兒，黛玉看見寶釵、探春正在欣賞仙鶴跳舞，就停下腳步和她們聊起來。

7 沒多久，寶玉也走來了。探春把寶玉拉到不遠處的石榴樹下，拿出銀子，求寶玉幫她買一些有趣的玩意回來。

8 正說着，寶釵過來了，笑着說：「哥哥與妹妹躲在一邊說悄悄話，這話我們不能聽嗎？」探春、寶玉聽了，都笑了起來。

9 寶玉見黛玉不在，知道她躲到別的地方去了。看見滿地的落花，他就把花瓣收拾起來，用衣擺兜着往花塚走去。

10 快到花塚時，忽然聽見有人一時嗚咽，一時說話，好不傷感。寶玉以為是哪個丫鬟受了委屈跑到這裏哭，就停下來細聽。

11 「儂今葬花人笑痴，他年葬儂知是誰？」原來是黛玉在葬落花。聽到這樣的詩句，寶玉悲痛地大哭起來。

12 黛玉聽到哭聲，回頭見到是寶玉，就說：「原來是你這個狠心短命的……」話沒說完，忙掩住嘴轉身走了。

13 寶玉追上去說：「你到底生什麼氣，總讓我摸不着頭腦！」黛玉問他為什麼昨晚不給她開門。

14 寶玉把來龍去脈解釋了一番，黛玉才知道是一場誤會。冰釋前嫌後，兩人又有說有笑，追逐打鬧起來。

15 很快就要到端午節了。這一天，元妃派人給賈府眾人送來了節日禮物。

16 寶玉收到的禮物和寶釵的一樣，而黛玉的卻不同。寶玉知道後，讓襲人把自己的那份禮物送去給黛玉，卻被黛玉拒絕了。

17 寶玉跑去問黛玉為什麼不收禮物，黛玉賭氣說：「我比不上寶姐姐，有金有玉的。」寶玉見她又說起「金玉良緣」，急忙辯解。

18 這時，寶釵從遠處走來。寶玉、黛玉都不想讓寶釵看見他們又在鬥氣，就各自走開了。

第十二回
兩發小鬥氣

為慶祝端午節，賈府派人在清虛觀做法事，唱戲獻供。

1 五月初一這天，賈母帶眾人去清虛觀拜神祈福，順便看戲。

2 榮國府的轎子、馬車如長龍般浩浩蕩蕩地走在大街上，引得路人都跑過來圍觀，場面非常熱鬧。

3 來到清虛觀，張道士請賈母等人上樓就座，準備看戲，還說要給寶玉提親。賈母說：「等他長大一些再說吧！」

4 過了一會兒，張道士端出一個盤子，裏面裝着玉佩等一些掛件，說是觀裏道徒給寶玉的一點心意，請他一定要收下。

5 賈母見盤中有個金麒麟，就說：「我好像看見誰家孩子也有個這樣的。」寶釵笑道：「湘雲妹妹有一個，比這個小些。」

6 探春聽了，直誇寶釵細心。黛玉卻冷笑道：「她就是在別人戴的東西上留心。」寶釵假裝沒聽到。

7 寶玉把金麒麟揣在懷中，見黛玉看着他，便說：「這個好玩，我替你留着。」黛玉頭一扭，說：「不稀罕！」

8 第二天，寶玉在為張道士要給他提親的事生氣，沒去看戲。黛玉身體不舒服，也沒去。鳳姐便帶其他人去了。

9 寶玉聽說黛玉不舒服，跑來探望。黛玉冷冷地說：「你去看戲好了。」寶玉聽到這話，沉下臉說：「我白認識你了。」

10 黛玉說：「昨天張道士給你提親，你怕誤了自己的好姻緣，就拿我出氣！」寶玉聽了，氣得抓下通靈寶玉要摔到地上。

11 襲人忙勸道：「你們吵架也不用砸玉啊！萬一砸壞了，林姑娘心裏多難受！」黛玉聽襲人說中了自己的心意，就哭了起來。

12 紫鵑也勸黛玉：「如果姑娘氣得病情加重，叫寶二爺怎麼過意得去？」寶玉見紫鵑比黛玉還了解自己，不覺掉下淚來。

13 兩人鬧得不可開交，賈母、王夫人聞訊趕來，見他們都不說話，只好罵了紫鵑、襲人一頓，帶着寶玉離去。

14 初三是薛蟠生日，他請賈府眾人去看戲。賈母原以為寶玉、黛玉會趁機和好，沒想到兩人都沒去，急得她邊哭邊抱怨。

15 這事傳到寶玉、黛玉耳中，兩人心裏都很不好受，一個在瀟湘館裏臨風灑淚，一個在怡紅院裏對月長歎。

16 第二天中飯後，寶玉來到瀟湘館外。紫鵑不顧黛玉阻攔，開門讓他進去。

17 寶玉向黛玉道歉。黛玉心裏其實已經原諒了他，嘴上卻說：「你就當我死了！」寶玉馬上哭着說：「那我做和尚去！」

18 黛玉一聽忙坐起來，戳了一下寶玉的額頭，說：「你這⋯⋯」話沒說完又哭了起來。寶玉忙拿手帕替她擦淚。

19 門外忽然有人叫道：「好了！」兩人回頭一看，原來是鳳姐。鳳姐說：「你們總算和好了。快去見老太太吧，好讓她放心。」

20 鳳姐拉着寶玉、黛玉去見賈母。賈母見兩人和好如初，這才放下心頭大石。

21 寶玉見寶釵也在，就問她怎麼不去看戲。寶釵說看了兩齣，怕熱就先回來了。寶玉笑道：「是太胖了才怕熱。」寶釵氣得滿臉通紅。

22 黛玉問寶釵看了什麼戲，寶釵笑道：「李逵罵了宋江，後來又賠不是。」寶黛二人知道這是暗指他們吵架，都羞紅了臉。

第十三回
晴雯撕扇子

寶玉的一句玩笑，讓寶釵耿耿於懷。

1 第二天正是端午節，寶玉找寶釵玩。寶釵還在為昨天的事生氣，故意冷落寶玉。寶玉覺得沒趣，帶着一肚子悶氣回房了。

2 晴雯過來幫寶玉換衣服，不小心摔壞了扇子。寶玉正在氣頭上，便罵她是蠢材。晴雯並不示弱，立刻回嘴。

3 寶玉氣得渾身發抖。襲人過來勸晴雯：「好妹妹，都是我們不對，你出去逛逛吧！」誰知，晴雯卻連她也一起罵了。

5 寶玉長歎一聲，坐在牀上說：「叫我怎樣才好？我即使操碎了心，也沒人知道！」說着，忍不住流下淚來。

4 寶玉見狀更生氣了，說：「我現在就去告訴太太，讓她把你打發出去，離開這兒！」襲人、麝月等丫鬟聽了，都跪下替晴雯求情。

6 這時，黛玉恰好進來，見狀笑着問：「怎麼都哭了？難道是為爭吃粽子吵架了？」一句話，逗得大家都笑了。

7 不一會兒，薛蟠派人請寶玉過去喝酒。寶玉雖然沒有興致，但也不便推辭。於是，一夥人飲酒填詞，一直鬧到晚上才散席。

8 寶玉帶着幾分酒意回到怡紅院，見晴雯躺在院中的涼榻上，就走過去推她，跟她說話。

9 晴雯還在為早上的事生氣，她翻身坐起，說：「你何苦又來招惹我！」說完，起身要走。寶玉連忙上前拉住她。

10 寶玉說：「扇子是用來搧風的，你要撕着玩也可以，只是不能生氣時拿它出氣。」說着，把扇子遞給了晴雯。

11 晴雯接過扇子，説：「既然你這麼説，那我最喜歡撕了。」只聽見「嘶啦」一聲，晴雯真把扇子撕了。寶玉拍手叫道：「撕得好！」

12 麝月走過來説：「少作些孽吧！」寶玉一把將她手裏的扇子搶過來，遞給晴雯。晴雯接過去，又撕了個粉碎。

13 麝月氣得大叫：「不如把整箱扇子搬出來讓晴雯撕好了！」晴雯笑了，躺在牀上説：「我累了，明天再撕吧！」

14 襲人見寶玉和晴雯和好了，十分高興，就叫小丫鬟奉上茶點。幾個人喝茶、説笑，直到深夜才回房。

第十四回
寶黛明心跡

這天，湘雲來到賈府，同姐妹們聚在一起聊天。

1 黛玉笑着對湘雲說：「寶玉準備了一個好東西要送給你呢！」

2 湘雲便和丫鬟翠縷往大觀園走去。在薔薇架下，她看到地上有一隻金麒麟，比自己的那隻更大更好看，就把它收起來。

3 湘雲來到怡紅院，寶玉說：「我前幾天得到一樣好東西，等着送給你呢！」說着滿身亂摸，卻怎麼也找不着。

4 湘雲拿出那隻金麒麟，放在寶玉面前晃了晃，笑問道：「是不是這個？」寶玉見金麒麟竟然在湘雲手上，也笑了。

5 襲人請湘雲給寶玉做一雙鞋子，湘雲說：「他和林妹妹那麼要好，叫林妹妹做就是了。」寶玉聽了，不知道說什麼好。

6 聊天時，襲人告訴湘雲，寶釵送了一枚戒指給自己，湘雲感慨地說：「寶姐姐漂亮又親切，真想要個這樣的親姐姐！」

7 寶玉讓她別再說這些，湘雲說：「你是怕林妹妹聽見我誇寶姐姐，會心裏不高興，對不對？」寶玉不知道如何回答。

8 大家聊天時，談到寶釵勸寶玉要在仕途上下功夫一事，湘雲也同樣勸他，寶玉生氣地説：「林妹妹從不説這些討厭的話！」

9 黛玉正好來到門外，聽見寶玉視自己為知己，心裏很高興；但想到自己是孤兒，將來一定被賈家嫌棄，忍不住哭着往回走。

10 寶玉正巧走出來，看見黛玉在前面，就追上去問：「林妹妹，你怎麼又哭了？」黛玉勉強笑了笑，説：「我什麼時候哭了？」

11 「撒謊！看，你眼角還有淚珠呢。」寶玉邊說邊伸手幫黛玉擦眼淚。黛玉忍不住又提起「金玉良緣」，把寶玉急出一身汗。

12 黛玉知道自己說話過分了，連忙道歉，還用手帕為寶玉擦汗。寶玉看著黛玉半天才說了「你放心」三個字，黛玉不禁失神了。

13 寶玉又說：「你就是因為對我不放心才經常生病。你是明白我的心意的。」黛玉還是怔怔的，好一會兒才轉身離去。

14 寶玉還在發呆。襲人來找他，他也不看是誰，出神地說：「好妹妹，我為你也弄了一身病啊！」等看清是襲人，才害羞地跑開。

第十五回
寶玉遭痛打

寶玉為黛玉黯然神傷,更因丫鬟而飽受皮肉之苦。

1 丫鬟金釧因對寶玉說了一些輕浮的話,被王夫人趕了出去。金釧受不了屈辱,投井自盡了。寶玉知道後,非常難過。

2 寶玉去母親王夫人房裏請安,母親跟他說話,他也沒心思回答。寶釵來時,他正打算回怡紅院去。

3 寶玉剛轉過屏風,就跟一個人撞個滿懷。那人大喝一聲:「站住!」寶玉嚇了一跳,抬頭一看,才發現是父親。

4 賈政剛想數落寶玉，忽然有人來報：「忠順親王府裏有人要見老爺。」賈政聽了，只好先擱下寶玉的事，快步去大廳會客。

5 來客說：「王府裏有個唱戲的小旦，跟少爺關係很好。現在小旦逃走了，王爺派我來追查。」賈政立刻叫人把寶玉找來。

6 寶玉來到大廳，在客人和父親的不斷追問下，不情不願地說出了小旦的下落。

7 客人剛走，賈環就來了。這賈環是賈政和趙姨娘所生，他低聲對父親說：「金釧就是因為被寶玉調戲才跳井的！」

8 賈政聽了非常憤怒，命人把寶玉捆住打板子。僕人見賈政這麼生氣，都不敢求情。

9 寶玉被僕人按在板凳上打了十幾下。賈政嫌打得輕，自己奪過板子又重重地打了三四十下。寶玉痛得當場暈了過去。

10 這時，王夫人聞風而至，抱住板子苦苦哀求：「你要打死他，就先殺了我吧！」賈政聽了，淚如雨下。

11 隨後，賈母也匆匆趕來了。賈政見了，連忙上前攙扶，賈母生氣地一把甩開他的手。

77

12 賈母見寶玉的衣服上沾滿了星星點點的血跡，心疼極了，抱著寶玉大哭起來。王夫人勸了好一會兒，賈母才漸漸平靜下來。

13 寶玉被抬回房中。丫鬟圍著寶玉，餵水的餵水，打扇的打扇，上藥的上藥，忙得不可開交。

14 襲人找到一個知情的丫鬟，問她寶玉為什麼挨打。那丫鬟說：「有人跟老爺告狀，說二爺調戲金釧，老爺一怒之下動了板子。」

15 不久，寶釵來了。她交給襲人一顆大藥丸，說：「晚上用酒化開敷在傷處，可以活血化瘀。」

16 寶釵對寶玉說：「你這樣子，我們看着都很心疼！」看到這麼多人關心自己，寶玉感到很欣慰。

17 寶釵走後，黛玉也來了。她哭得眼睛都腫了。寶玉忙安慰說：「實際上並沒有傷得那麼重，我只是裝樣子給父親看的。」

18 寶玉的話還沒說完，就聽見門外的丫鬟報告說鳳姐來了，黛玉連忙起身要走。寶玉一把拉住問：「你怎麼突然怕起她來了？」

19 黛玉急得直跺腳，指着自己的眼睛説：「她見了又要取笑我了！」寶玉這才鬆手。黛玉快步從後院走了。

20 王夫人找來襲人問話：「是不是賈環向老爺告狀，寶玉才被打的？」襲人知道王夫人討厭賈環，為免生事，就沒説實話。

21 王夫人相信了，不再追問這件事，又讓丫鬟拿來兩小瓶香露，讓襲人帶給寶玉吃。

22 寶玉吃了藥，傷慢慢好了。因為養傷，他幾個月內都不用見客，整天在園子裏玩樂，愜意極了。

第十六回
開設海棠社

不久，賈政被朝廷任命為提督學政，出門任職了。

1 沒有父親的管束，寶玉更加無拘無束了。一天，他收到探春的帖子，邀請他去秋爽齋商量建詩社的事。

2 等寶玉來到秋爽齋，迎春、惜春、黛玉、寶釵等姐妹早就在那裏等待了。寶玉吵着要作詩，寶釵說：「不急，人還沒到齊呢！」

3 正說着，李紈進來了。這下，人總算到齊了。經過一番討論，大家決定把詩社命名為海棠社。

4 詩社剛成立，探春建議大家以海棠為題，即興作詩，眾人歡呼着響應。

5 很快，大家都寫好了。傳閱後，李紈說：「黛玉的詩別致風流，但是不及寶釵的含蓄渾厚。」探春非常贊同。

6 寶玉突然想起湘雲，拍手說：「怎麼忘了她呢？這詩社少了她就沒意思了！」於是立刻去找賈母，要她派人接湘雲過來。

明天我做東，請大家吃東西。

7 第二天，湘雲果然來了。她興致極高，一口氣作了兩首詩。見眾姐妹讚不絕口，她高興地決定第二天做東，宴請大家。

8 晚上，湘雲和寶釵商量請客的事。寶釵知道湘雲寄住在叔叔家中，零錢不多，就提議讓兄長薛蟠送些螃蟹來，請大家吃螃蟹。

9 湘雲十分感激。兩人商議了一陣，決定明天作菊花詩，還擬出了「憶菊」、「訪菊」、「種菊」等十二個題目。

10 第二天，螃蟹宴在名為藕香榭的亭子裏舉行，鳳姐等人也來了。大家說說笑笑，十分熱鬧。

11 席間，平兒想將蟹黃抹在丫鬟琥珀的臉上，琥珀一躲，蟹黃抹到了鳳姐的衣服上。眾人一看，都樂壞了。

12 吃喝了一會兒，大家隨意玩樂起來。黛玉在水邊釣魚；寶釵欣賞荷花；寶玉東瞧西看，跑來跑去……

13 湘雲叫翠縷等丫鬟把昨夜寫的詩題掛在柱子上，請大家現場作詩。

14 大家很快寫好詩了。眾人一一拜讀，讚歎聲不絕：黛玉的立意新穎，湘雲的寓意深刻，寶釵的沉穩渾厚……

15 最後，李紈評道：「《詠菊》第一，《問菊》第二，《菊夢》第三，這三首都是黛玉作的，真不錯！」大家一致贊同。

16 寶玉說：「我們吃螃蟹賞花，怎麼能不寫關於螃蟹的詩呢？」寶釵聽了，隨即作了一首，大家都稱讚寫得好。

17 眾人吃喝玩樂了半天，都覺得累了，就留下丫鬟整理收拾，其餘的人各自散了。

18 回去的路上，襲人問平兒為什麼這個月的月錢還不發。平兒說鳳姐把錢拿去放高利貸了，讓襲人別把這事說出去。

第十七回
得趣大觀園

平兒回到房裏，看到劉姥姥又帶着板兒來了。

1 劉姥姥見了平兒馬上行禮問候。平兒向鳳姐請示後，就帶着這祖孫倆去見賈母。

2 劉姥姥一進門，就跪下向賈母問好。賈母請劉姥姥坐下，向她打聽鄉下的趣聞。當天夜裏，祖孫二人就住在賈府裏。

3 第二天一早，小丫鬟捧來了一盤新摘的菊花。鳳姐將菊花全插到劉姥姥的頭上。劉姥姥笑着説：「我變成老風流了！」

4 賈母領着劉姥姥在大觀園裏到處參觀。劉姥姥讓賈母等人走石子路,自己走泥路,誰知,一不小心就摔了個四腳朝天。

5 遊玩了一會兒,賈母帶劉姥姥去吃午飯。賈母的丫鬟鴛鴦想捉弄一下劉姥姥,就低聲囑咐了她幾句。

6 吃飯時,賈母剛說「請」,劉姥姥就站起來說:「老劉,老劉,食量大如牛,吃個老母豬,不抬頭。」眾人聽了,先是一愣,接着就捧腹大笑起來。

7 席間，鳳姐遞給劉姥姥一雙金筷子，讓她夾鴿子蛋吃，還說：「一兩銀子一個。」劉姥姥小心翼翼地夾了半天，也沒夾到一個。

8 吃完飯，賈母覺得累了，就坐在小竹椅上讓人抬回去了。劉姥姥則陪着寶玉等人說笑，突然她覺得肚子痛得屬害，急忙到處找茅廁。

9 等劉姥姥從茅廁出來，四下張望，發現自己竟然迷路了，只好四處亂轉。

10 劉姥姥走進了一扇門，只見一個女孩微笑地看着自己，就過去拉她的手。不料，「咕咚」一聲撞在板壁上，原來是一幅畫。

11 劉姥姥又看見旁邊有一扇門，走近一看，原來是一間裝飾豪華的大房。她有點累了，見裏面有張牀，倒頭便睡。

12 過了許久，眾人發現劉姥姥不見了，就到處找她。襲人來到怡紅院，見她躺在寶玉的牀上，忙把她叫醒，帶回到眾人面前。

13 晚上，劉姥姥向鳳姐告別。鳳姐正為女兒的病發愁，見劉姥姥長壽，就請她給女兒起個名字。劉姥姥說，不如就叫巧姐吧。

14 第二天清晨，劉姥姥帶着板兒，拿着賈母、鳳姐等人送的幾大包東西，高高興興地回鄉下去了。

第十八回
海棠社壯大

不久，香菱等姑娘也住進大觀園，園內越來越熱鬧。

1 香菱是薛蟠的小妾，因為薛蟠外出做生意，她便跟着寶釵住在蘅蕪苑。

2 香菱跟黛玉學作詩。一天，她寫了一篇佳作，大家看後都說好。探春忙邀請她加入了海棠詩社。

3 正說話間，幾個小丫鬟跑進來說：「府裏來了許多姑娘、奶奶，正在王夫人府裏，請姑娘們去相聚吧！」

4 眾人來到王夫人房裏，原來來人是邢夫人的嫂子和姪女岫煙，李紈的嬸嬸帶着女兒李紋、李綺，薛蟠的堂弟薛蝌和堂妹薛寶琴。賈母和王夫人見場面這麼熱鬧，都笑容滿面。

5 黛玉見大家都有親戚，只有自己孤單一人，不禁在一旁哭了起來。寶玉見狀，連忙上前安慰。

6 回到怡紅院，寶玉激動地說：「沒想到今天來的都是出色至極的人物！寶姐姐堂弟薛蝌的德行跟薛蟠完全不同！」

7 晴雯剛從王夫人房裏回來，笑着對襲人說：「快去看看吧！今天來的姑娘們，全都長得水靈靈的，可好看了！」

8 晴雯正說着，探春走了進來，說：「這下我們的詩社更興旺了！」寶玉開心極了，和探春商量好過幾天大家再聚在一起作詩。

9 寶玉和探春來見賈母時，賈母正在安排眾人的住處：寶琴和賈母一起住，岫煙住在迎春處，李紈的嬸嬸等人住在稻香村。

10 沒過多久，湘雲的叔叔要帶同家屬到外地做官，賈母捨不得湘雲，就把她接到賈府，安排她和寶釵住在一起。

11 香菱開始向湘雲學作詩。湘雲本來就是個愛說話的人，現在更是說個沒完沒了，寶釵直呼被吵得受不了。

12 這時，寶琴披着一件漂亮的斗篷進來。寶釵見到這個堂妹，忙問：「這是哪裏來的？」寶琴笑着說：「是老太太送給我的。」

13 湘雲湊過去仔細看了看，說：「這是用野鴨子頭上的羽毛做的，十分珍貴。老太太真是疼你呀！」

14 正說着，琥珀來傳話，說賈母讓寶釵別管寶琴太嚴。寶釵笑着對寶琴說：「我怎麼就沒有種福氣？究竟是哪兒比不上你呢？」

15 正巧寶玉、黛玉進來了，湘雲說：「說不定有人還真這麼想。」邊說邊看着黛玉。寶釵說：「不會，我的妹妹就和她的妹妹一樣。」，表示黛玉不會嫉妒寶琴。

16 寶玉覺得寶釵這話說得太親密了，好不奇怪。一問才知，前段時間黛玉和寶釵談了一次心，兩人關係比從前好多了。

17 這時，丫鬟前來說，李紈請大家過去商議明天作詩的事。大家很高興，一起往稻香村走去。

18 見眾人到齊了，李紈說：「我已經叫人去打掃蘆雪庭了，明天早飯後，我們就在那兒作詩吧！」大家都點頭說好。

第十九回
蘆雪庭聯詩

第二天,寶玉連早飯都沒吃就去了蘆雪庭。

1 丫鬟們取笑寶玉太性急了,說:「眾姑娘要吃了飯才來呢。」寶玉只好到賈母房中,和眾姐妹一起吃早飯。

2 吃完早飯,賈母說:「我知道你們忙着出去玩,新鮮的鹿肉就留着晚上你們回來吃吧!」

3 湘雲聽了,悄悄和寶玉商量:「不如我們拿一塊新鮮的鹿肉,邊烤邊吃。」寶玉聽了,便讓丫鬟送一塊鹿肉到園中。

95

4 過了一會兒，大家都趕往蘆雪庭，唯獨少了寶玉和湘雲。黛玉笑着說：「他們正在打鹿肉的主意呢！」

5 李紈聽了，忙出來找寶玉和湘雲，只見兩人正站在爐邊烤鹿肉呢！李紈說：「小心點，別弄傷手了！」說完，就回屋去了。

6 正巧平兒過來，湘雲叫她一起吃鹿肉。平兒也是個愛玩的丫頭，遇上這麼有趣的事情，當然爽快地加入啦！

好香，給我留一點呀！

7 探春和李紈確定了題韻，眾人就開始思考詩題。探春聞到鹿肉的香味，笑着說：「好香，我也要吃！」說完就走了出去。

8 這時，鳳姐也過來了，一起湊在爐邊吃鹿肉。李紈站在門口，無可奈何地看着他們。

9 黛玉走過來，笑着說：「蘆雪庭就這樣被糟蹋了。」湘雲邊吃肉邊笑道：「你知道什麼，吃了好肉好酒才能作出好詩！」

10 不一會兒，鹿肉就被大家一掃而光了。湘雲等人心滿意足地回到屋裏，叫丫鬟來伺候清洗手和臉。

11 吃飽喝足後，大家開始作詩。鳳姐因為還有事情，只說了一句「一夜北風緊」，就匆匆起身，先回去了。

12 大家接着聯詩，你一句，我一句，聯得不亦樂乎。湘雲、黛玉和寶釵三人勢均力敵，幾乎搶起來，其他人都插不上話，靜靜地在一旁洗耳恭聽。

13 最後，湘雲聯的詩最多，寶玉最少。李紈罰寶玉到園裏摘一枝紅梅回來。很快，寶玉扛着紅梅回來了。

14 湘雲要寶玉作紅梅詩，還拿起筷子輕敲火爐，說：「我擊鼓了，鼓聲結束你還沒作出來，就要受罰！」

15 寶玉忙説：「我已經想好了。」黛玉提起筆，説道：「你唸，我寫。」寶玉的詩唸完，黛玉也寫好了。

16 大家正要評論，賈母趕來了。她笑道：「好漂亮的梅花，我算是來對了！你們盡情吃喝説笑，我也來湊個熱鬧！」

17 話音剛落，鳳姐笑着走進來，説：「老太太不説一聲就跑來了，害我找了好半天。」賈母説：「真是個鬼靈精，這也能找到！」

18 坐了一會兒，鳳姐怕賈母受涼，就送賈母回去。眾人又作了一會兒詩，才盡興散去。

第二十回
賈探春理家

時光飛逝，又是新的一年，賈府上下忙裏忙外。

1 新年期間，鳳姐忙得暈頭轉向。過了元宵節，她終於累得病倒了。

2 沒有了鳳姐幫忙，王夫人根本忙不過來。於是，她請探春和李紈暫時協助理家，還請了寶釵做監察。

3 有些下人見李紈性情隨和，探春、寶釵年輕沒經驗，以為她們什麼都不懂，就隨隨便便，幹活比鳳姐管家時馬虎很多。

4 沒想到探春精明能幹，讓大家刮目相看。
寶釵帶人到各處巡查，管得比鳳姐還嚴。
下人們心中暗暗叫苦。

5 這天，一個僕人來報，說探春母親趙姨娘
的哥哥死了，問給多少銀子辦喪事。

6 探春問類似的事以前是怎麼處理的，僕人
說忘了。探春喝道：「你在鳳姐面前也這
樣回話？」婆子嚇得馬上拿來舊賬本。

你拿二十
兩銀子送
過去吧！

7 探春一看，按規矩姨娘的兄弟死了，只能
賞二十兩銀子，就吩咐僕人拿二十兩銀子
送去給趙姨娘。

8 趙姨娘聽說後，跑來責問探春，說她不顧親情，自己的舅舅死了也不多賞點錢。探春氣哭了，委屈地說：「我只是按規矩辦事。」

9 兩人正說著，平兒來了，說：「二奶奶說，這件喪事姑娘想要多給是可以的。」探春聽了，就斥責鳳姐做人情，讓她破壞規矩。

10 平兒回去向鳳姐彙報，鳳姐連聲稱讚：「探春辦事公正，是個做大事的人！可惜是姨娘生的。」平兒聽了也感歎不已。

11 一天，探春想到大觀園裏有許多閒置的田地很浪費，就和大家商議把這些地方承包給下人收拾打理。

12 大家一致説好。這時，平兒説：「這事鳳姐之前也想到了。」寶釵開平兒玩笑道：「看你，事事都要分功勞給鳳姐。」眾人聽完都笑了。

14 寶釵建議承包了田地的僕人拿點錢請其他僕人吃東西，打好關係。僕人都説這個主意好。

13 説做就做。探春很快選出一批手腳勤快的僕人，將園子裏空閒的田地承包給了她們。

第二十一回
戲言當真話

寶玉整日與姑娘、丫鬟說笑打鬧，從不避忌。

1 一天，寶玉和紫鵑說話時，見她穿得單薄，就摸了摸，說：「穿少了。」紫鵑說他動手動腳的，難怪最近黛玉躲着他。

2 寶玉彷彿被當頭澆了一盆冷水，出來後便坐在山石上發呆。雪雁正巧經過，看見寶玉這副模樣，就回去告訴了紫鵑。

3 紫鵑連忙出來告訴寶玉，剛才是跟他說笑的。為了試探寶玉對黛玉的心意，紫鵑撒謊說黛玉明年要回蘇州去了。

4 寶玉聽了，如五雷轟頂，頓時目瞪口呆，說不出話來。這時，剛好晴雯過來找他，就把他帶回怡紅院。

5 襲人見寶玉失魂落魄，她方寸大亂，忙請來李嬤嬤。李嬤嬤哭着說：「不中用了，我這些年白操心了！」

6 襲人忙問到底發生了什麼事。晴雯說：「我找到寶玉時，他正和紫鵑說話。」襲人聽了，連忙奔往瀟湘館去找紫鵑。

7 這時，紫鵑正在服侍黛玉吃藥，襲人也顧不得禮節，衝進去問紫鵑跟寶玉說了什麼，還說要拉她去見老太太。

8 黛玉忙問出了什麼事。聽紫鵑說寶玉神志不清，黛玉「哇」的一聲把吃下去的藥全吐了出來，一時喘得抬不起頭。

9 紫鵑說只是跟寶玉開了個玩笑。黛玉忙把她往外推，說：「你快去解釋清楚，也許他會清醒過來。」

10 等襲人領着紫鵑回到怡紅院，賈母、王夫人等已經來了。寶玉一見紫鵑，一把拉住她，說：「要去連我也一起帶去吧！」

11 正說着，有人來報林之孝的妻子來了。寶玉聽見一個「林」字，便滿牀滾鬧：「他們來接林妹妹了，趕出去！趕出去！」

12 賈母忙說不見，寶玉這才安靜下來。後來大夫開了藥，說沒事了，大家才安心離去。但寶玉不肯放紫鵑走，紫鵑只好留下來。

13 紫鵑告訴寶玉，自己只是想試試他對黛玉的心意。寶玉說：「對林妹妹，我只有一句話：活着我們一起活，死了一起化灰化煙。」

14 紫鵑回到瀟湘館，把寶玉的話如實告訴了黛玉。黛玉聽了，更明白寶玉的心意，感動得落下淚來。

第二十二回
怡紅院慶壽

過了幾天，寶玉的身體痊癒了，他的生日也到了。

1 因為賈母和王夫人都進宮去了，所以寶玉的生日宴辦得比較簡單。一大早，探春、湘雲、寶琴等人就來祝賀。

2 不一會兒，平兒也來了，還打扮得花枝招展的，一進門就給寶玉磕頭。襲人扶起平兒，讓寶玉還禮，說：「今天也是平兒的生日。」

3 眾人聽了，都說該好好慶祝一下。於是大家湊了些銀子，叫人去準備兩桌生日宴。

4 生日宴設在紅香圃。因為沒有賈母等長輩在場，大家便隨意取樂，猜拳行令，說笑打鬧，場面好不熱鬧。

5 快散席時，一個丫鬟笑着跑過來說：「大家快來看，雲姑娘喝醉了，正躺在青石板台階上睡覺呢。」

6 眾人過去一看，果然見湘雲躺在一塊石板台階上，芍藥花灑了她一身，蝴蝶也圍繞着她飛舞，美得就像一幅畫。

7 眾人邊笑邊推醒她。湘雲慢慢睜開眼，看到眾人，又低頭看了看自己，知道自己醉倒在芍藥叢中，不覺羞紅了臉。

8 丫鬟扶湘雲回到房裏，打水讓她洗臉。探春叫人拿來醒酒石給湘雲含着，又讓她喝了點酸梅湯，她這才覺得好些。

9 晚上，回到怡紅院，寶玉覺得還沒盡興，說要玩通宵。送走了查夜的僕人，丫鬟立刻關好門，準備開夜宴。

10 大家圍着桌子坐好，先敬了寶玉一杯。寶玉提議行酒令，襲人說：「行酒令、猜拳聲音都太響，讓別人聽見就不好了。」

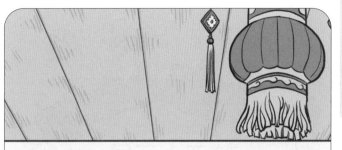

11 寶玉提議玩拈花名。晴雯拍手笑道：「好啊，我早想玩了！」於是，寶玉讓小丫鬟去把眾姐妹請來一起玩。

12 不一會兒，大家都來了。坐定後，寶釵抽了枝「艷冠群芳」，探春搶了個「瑤池仙品」，黛玉拈了個「風露清愁」。

13 黛玉見探春的籤上寫有「必得貴婿」，便打趣她要嫁入名門望族。眾人聽了，大笑起來。這晚，大家都玩得很開心。

第二十三回
重建桃花社

寶玉生日過後不久，海棠詩社便解散了。

1 這一陣子，賈府上下發生了很多不順心的事，寶玉的心情很鬱悶。

2 一天，翠縷來到怡紅院，對寶玉說：「請二爺快去賞詩。」寶玉一聽，來了精神，立刻跟着翠縷走了。

3 寶玉到園裏時，黛玉、寶釵、湘雲、探春、寶琴等姐妹已經在那兒等了，每人都拿着詩稿互相欣賞。

4 大家見寶玉來了，紛紛提議：「海棠社解散很久了，現在是萬物復蘇的春天，我們應該把詩社重建起來。」

5 湘雲揚着手上的詩稿説：「這首桃花詩寫得真好，現在正巧桃花盛開，不如把海棠社更名為桃花社？」眾人紛紛稱好。

6 幾天後，眾人又聚在一起作詩寫詞。黛玉以「柳絮」為題，請大家各自抽取詞牌作詞一首，限時一炷香。

7 過了一會兒，除了寶玉，大家都寫完了。眾人相互傳看，一致評定：寶釵的詞大氣，黛玉的纏綿，湘雲的嫵媚，大家各有所長。

8 寶玉還沒寫完,眾人正在笑着說該怎麼罰他時,外面傳來「砰」的一聲響,把大家都嚇了一跳。

9 眾人覺得奇怪,便走出亭子四下張望,原來是一隻大蝴蝶風箏掛在樹梢上。

10 這時正值三月,是放風箏的最佳時節,寶釵、寶琴等人見狀都來了興致,紛紛叫丫鬟回房取風箏。

11 不一會兒,寶玉的風箏也被送來了。那是一隻漂亮的美人風箏。

12 丫鬟們興高采烈地放起了風箏。很快,寶玉的美人風箏、探春的鳳凰風箏、寶釵的大雁風箏、寶琴的蝙蝠風箏都飛上了天,好不熱鬧。

13 趁着風大，紫鵑叫黛玉也來放風箏。黛玉接過風箏，說：「放風箏雖然有趣，但有些不忍。」

14 李紈走過來，對黛玉說：「放風箏也叫『放晦氣』，姑娘應該多放放，把你的病一起放掉。」

15 紫鵑一聽，覺得有道理，急忙拿來剪刀剪斷風箏線。黛玉的蝴蝶風箏立刻隨風而去，比喻不好的事情都隨風箏離開。

16 大家見了，也爭相剪斷風箏線。一隻隻風箏搖搖地升上天去，慢慢地不見了。

第二十四回
查檢大觀園

這天，賈政突然說明天要考問寶玉的功課。

1 寶玉臨急抱佛腳，一直看書到深夜。丫鬟都在旁邊伺候，困得直打瞌睡。

2 晴雯見了，拿出針來說要扎她們，好讓大家保持清醒。寶玉連忙起身替丫鬟求情。

不好啦！

3 襲人擔憂地對寶玉說：「你還是專心讀書吧！」話音剛落，一個丫鬟驚慌失措地跑進來說：「不好了，有人跳牆進來！」

驚嚇　過度

4 晴雯靈機一動，讓寶玉假裝被嚇病了，明天就不用被考問功課。接着，她又裝模作樣地去找王夫人要壓驚藥。

賈

5 王夫人聽説寶玉被嚇着了，立刻命人在大觀園裏仔細搜查。丫鬟、僕人提着燈籠在園裏找了一整夜，也沒發現可疑的人。

6 聽説有人跳牆進園，賈母十分生氣。探春説：「最近鳳姐身體不好，常常不在園裏，守園的人有時會聚賭、打鬥。」

7 鳳姐聽了，便命人叫賈家四個管理家事的媳婦過來，當着賈母的面把她們狠狠教訓了一頓。

8 鳳姐決定好好整頓一下園內的秩序。一天晚飯後，她帶人進園搜查。一行人先搜了怡紅院、瀟湘館，並沒搜出什麼。

9 然後來到探春屋裏。探春向來驕傲，容不得別人如此侮辱，便對搜查的人冷嘲熱諷。鳳姐忙上前賠笑解釋。

10 其中一個搜查人王善保的妻子不識時務，竟要搜探春的身。探春大怒，打了她一記耳光，氣得破口大罵起來。鳳姐好不容易才把探春勸住。

11 搜到惜春處時，僕人發現丫鬟入畫的箱裏藏着銀子和男人的靴襪。入畫說那是她哥哥的。鳳姐決定查清楚再處理。

12 最後到迎春處。一個叫司棋的丫鬟是王善保的外孫女，僕人在她的箱裏搜出了男人的緞鞋錦襪，還有一封情書。

13 王善保的妻子見外孫女私自與男人來往，羞得直打自己的臉。鳳姐讓僕人先把司棋關起來，改天再罰。

14 誰知，鳳姐回去後就病倒了，只好暫且放下司棋、入畫的事。怕事的惜春沒等事情查清就趕走了入畫。

第二十五回
中秋夜聯詩

查檢事件過後，一年一度的中秋佳節到了。

1 因為搜查風波，很多人都沒了過節的興致，但為哄賈母開心，大家就在大觀園中擺上果品酒水，喝酒賞月。

2 當晚，賈母領着眾人入座，邊賞月喝酒，邊玩擊鼓傳花遊戲。按照事先約定，只要鼓聲一停，手上拿到花的那個人，就要給大家講一個笑話。

3 等到第二圈鼓聲停止時，花停在賈政手裏。因為賈政是一個很嚴肅的人，大家都很好奇他會講出什麼笑話來。

4 賈政說：「從前有個人，他很怕老婆。」雖然只說了一句話，但那語氣聽起來很有趣，大家都忍不住笑了。

5 第三圈鼓聲停了，花停在寶玉手裏。寶玉怕父親責備自己不務正業，就作了一首詩。

6 玩樂了一夜，賈母想到鳳姐病著，寶釵和寶琴又回家過節，不禁感歎世事總難圓滿，傷感得抹起了眼淚。

7 鴛鴦見夜深了，就為賈母披上斗篷，扶着她回房休息。眾人見時間不早了，也紛紛散去。

8 黛玉見今年過節沒有往年熱鬧，又想到近來賈府頗為不順，就趴在欄杆上傷感落淚。湘雲見了，便陪她一起散步聊天。

9 兩人來到水池邊，在竹凳上坐下。一陣微風吹過，令人神清氣爽。湘雲說：「要是能坐在船裏喝酒就更美了。」

10 黛玉說：「何必那麼麻煩，不如我們來聯詩吧，以欄杆上的棍子數目為韻。」說着，兩人就數了起來。等數好了，就開始聯詩。

11 忽然，黛玉看見池中有片黑影，顫着聲音問：「那是什麼？會不會是鬼？」湘雲笑着說：「我可不怕鬼！」

12 於是，湘雲撿起一塊小石頭，用力向池子中央擲去。只聽見「撲棱」一聲，黑影飛了起來，原來是隻白鶴。

13 湘雲歡呼道：「哈，想到好詩了——寒塘渡鶴影。」黛玉接着道：「冷月葬花魂。」「太妙了！」兩人說着，都笑了起來。

14 兩人又聯了幾首詩，說笑了一陣子，覺得有點累了，各自借着月色回房休息了。

第二十六回
祭芙蓉花神

中秋過後，王夫人聽說了司棋私自與男人來往的事。

1 王夫人覺得晴雯長得漂亮，會勾引寶玉，就帶人來到寶玉房裏，要把她趕走。

2 晴雯最近因病臥牀，十分虛弱。僕人就挾着她，把她拖下了牀。寶玉剛好回來，看見王夫人一臉怒氣，也不敢勸阻。

3 等王夫人走了，寶玉倒在牀上大哭起來。襲人安慰他說，過幾天等王夫人氣消了，再求她讓晴雯回來。

4 好不容易等到晚上，寶玉央求一個僕人帶他出園見晴雯。僕人被他纏得受不了，只好答應。

5 寶玉來到晴雯住處，看見晴雯孤零零地躺在破舊的炕上，身邊連個照顧她的人都沒有，心裏更加難過。

6 晴雯見寶玉來了，又悲又喜，就剪下兩根長指甲，用紅綾包好遞給寶玉，說：「給你留個紀念吧！」寶玉忍不住流下淚來。

我要走了！

7 這天夜裏，寶玉夢見晴雯從外面進來，笑着說她要走了，一轉身就不見了。寶玉想叫住她，可一叫就醒了。

8 襲人問他發生了什麼事，寶玉哭着說：「晴雯死了！」襲人以為他又在胡說，就安慰幾句，服侍他睡下。

9 熬到天亮，寶玉剛想去看晴雯，就有丫鬟來傳話，說今天老爺要帶他出去會客。寶玉只好去見父親。

10 等到寶玉回來，一個丫鬟告訴他晴雯真的死了。丫鬟說：「臨死前，晴雯說要到天上做芙蓉花神去了。」寶玉聽了，心裏稍稍好受些。

11 寶玉打算去晴雯靈前拜祭一番。誰知，等他趕到晴雯家，竟聽說晴雯的哥嫂已經把她運到郊外火化了。

12 寶玉沮喪地回到園中，看見芙蓉花，想起晴雯上天做芙蓉花神的話，就回房寫了一篇祭文，準備在園裏拜祭。

13 寶玉讓丫鬟在芙蓉樹下擺好桌子，放上晴雯平時愛吃的東西，自己唸起祭文。唸完後，寶玉就燒了祭文。

14 這時，黛玉來了。談話間，寶玉說到祭文中有一句「黃土隴中，卿何薄命」，黛玉覺得那預示着自己的將來，不覺臉色微變。

第二十七回
錯嫁誤終身

日子過得真快，迎春也到了出嫁的年紀。

1 這天早晨，寶玉去給王夫人請安時，聽說大伯賈赦已經將迎春許配給了孫家少爺孫紹祖，心裏十分難過。

2 話說這孫家是賈家的世交，愛趨炎附勢。賈政勸賈赦不要與孫家結親，但是賈赦根本不聽。

3 因為孫家急着娶親，賈家很快就把迎春嫁過去了。

4 寶玉原本因為晴雯去世悲傷，現在見迎春也出嫁了，想到大觀園裏的人一個個離去，心裏無限憂愁，不久就病倒了。

5 休養了近三個月，寶玉的身體才漸漸好起來。這天，一個丫鬟來報，說迎春回娘家了。寶玉心裏一陣高興，跑着去見她。

他酗酒、好賭，還打人……

6 看到憔悴不堪的迎春，寶玉嚇了一跳。原來，孫紹祖不但酗酒、好賭，還喜歡打人。寶玉聽了，也跟着迎春一起掉淚。

7 幾天後，孫家派人來接迎春回去。寶玉不忍心看迎春再回去受苦，就求賈母把她留下來。王夫人聽了，直笑寶玉孩子氣。

8 寶玉憋了一肚子氣，一回到瀟湘館便放聲大哭起來。黛玉聽說是為了迎春的事，也難過得流淚。

9 這時，襲人走進來了，說老太太叫寶玉過去。寶玉聽了，只好跟著襲人走。

10 不久，薛蟠回到京城，娶了富家小姐夏金桂，他的小妾香菱也搬回家去。夏金桂嫉妒香菱才貌雙全，就事事為難她。

11 不久，金桂把丫鬟寶蟾配給薛蟠做小妾，還讓香菱伺候自己。金桂一會兒叫倒茶，一會兒讓捶腿，把香菱折騰得整夜不能睡。

12 過了幾天，金桂裝病，說是香菱在詛咒她。薛蟠很生氣，拿起棍子就打香菱。薛姨媽急忙阻攔，說不如賣掉香菱。寶釵勸住母親，讓香菱跟了自己。

13 香菱因為過分傷心勞累，竟然得了乾血之症，臥牀不起。薛姨媽和寶釵看了都十分心疼。

14 金桂見趕走了香菱，便開始對付寶蟾，兩人天天吵架，搞得薛家整天不得安寧。

第二十八回
黛玉驚夢魂

賈政見寶玉整日無所事事，便要他去家塾讀書。

1 上學前一天，賈政指住寶玉，嚴厲地對他說：「如果一年內你沒長進，我就不認你這個兒子！」寶玉聽了，默默不語。

2 第二天，寶玉早早地到家塾讀書去了。教書先生才識很高，對寶玉的要求也十分嚴格。

3 一放學，寶玉就去找黛玉，還大貶八股文章。黛玉勸寶玉，說這對考取功名有幫助，寶玉聽了掃興而回。

4 回到怡紅院，襲人說：「老太太說了，如果再有丫頭跟你打鬧，影響你讀書，立刻趕出去。」寶玉越來越覺得煩悶。

5 寶玉因為心煩，一夜沒睡好，第二天起牀晚了遲到。家塾先生十分生氣，罰他背昨天學的文章。

6 寶玉上學後，襲人來看望黛玉，談了些妻妾之事。剛巧有僕人來送東西，又說了些婚嫁配對之事，讓黛玉心中煩悶不已。

7 襲人走後，黛玉就睡下了，卻噩夢連連。夢中被逼出嫁，她懇求賈母讓她留在賈家，賈母卻不理睬。黛玉大哭起來。

8 紫鵑忙推醒黛玉，黛玉才知道自己在做噩夢。這天夜裏，黛玉咳得厲害，躺下又坐起，坐起又躺下，折騰了一整夜。

9 天亮時，紫鵑進來倒痰盂，看到痰中有不少血絲，嚇得叫出聲來。黛玉忙問怎麼回事。紫鵑撒謊稱手滑，差點打翻痰盂。

10 紫鵑悄悄抹乾眼淚，進來服侍黛玉。黛玉又想起昨夜做的夢，不由得眼前一黑，吐出一口血痰來。紫鵑嚇得臉都白了。

11 這時，探春、湘雲過來看黛玉。湘雲看見血痰，驚問：「這是姐姐吐的？」探春怕黛玉擔心，就說這不過是肺熱引起的。

12 剛巧，窗外有個婆婆在罵孫子：「你當自己是個什麼東西，還在這裏混。」黛玉卻以為是罵自己，頓時氣昏過去。

13 探春、湘雲見黛玉病得厲害，忙去告訴賈母。她們剛走，襲人就來了。原來寶玉胸口痛，沒去上學，又想着黛玉，就讓她過來看看。

14 賈母得知寶玉和黛玉都病了，連忙請大夫來看。大夫診斷說黛玉是因憂愁而病，寶玉沒什麼大病。賈母聽了才放下心來。

第二十九回
鳳姐牽紅線

寶玉年紀也不小了，該娶妻成家了。

1 長輩們要給寶玉說親，卻瞞着寶玉。門客建議賈政向富豪張家提親。賈政覺得可行，便回去與王夫人商量。

2 第二天，王夫人說起提親的事，邢夫人說：「張家只有一個女兒，一定是招女婿入贅的。」賈母一聽，立刻否決了。

3 鳳姐笑着說：「寶玉和寶釵是上天注定的姻緣，何必到別處去找？」賈母向來喜歡寶釵，就叫王夫人去問問薛姨媽的意見。

4 這天是北靜王的生日。賈赦、賈政、賈珍、賈璉、寶玉前去拜壽。

5 北靜王受禮後，要賈赦等人退下，唯獨留下寶玉說話，還送給他一塊仿通靈寶玉。寶玉連忙謝恩。

6 回到家，寶玉把仿通靈寶玉拿給賈母看。賈母讓他別弄混了，寶玉指着自己的玉說：「不會弄混的，昨晚它還放紅光呢！」

7 鳳姐笑着說：「那是喜訊發動了。」寶玉忙問什麼喜訊。賈母不想讓他那麼快知道，就讓他先回去。寶玉只好帶着疑惑走了。

8 王夫人跟薛姨媽說了寶玉的婚事後，回來告訴賈母：「薛姨媽要和薛蟠再商量一下。」賈母聽了，吩咐大家先別對外提起。

9 寶玉回到房裏，一直納悶鳳姐她們說的到底是什麼意思。襲人猜到可能是給寶玉提親，但怕他又做傻事，就說自己也不明白。

10 不久，賈政升了郎中，賈府上下都很高興，聚在一起看戲慶祝。黛玉見寶釵沒來，就問薛姨媽。薛姨媽說：「她要留下看家呢！」

11 突然，薛家的丫鬟慌慌張張地來請薛姨媽回去。薛姨媽猜想是出了大事，就匆忙辭別賈母，趕回家裏。

12 原來，薛蟠打死了人，被抓進監牢了。薛姨媽驚嚇不已，金桂只知哭鬧，寶釵只好邊安慰母親，邊讓薛蝌去打聽案情。

13 兩天後，薛蝌捎信回來，說薛蟠誤殺了人。薛姨媽只好託王夫人來求賈政幫忙，讓他去向知縣求情。

14 後來，薛家花銀子買通知縣，只是判了誤傷。薛家母女這才放下心來。

第三十回
因疑生重病

薛家發生這麼多事，寶釵煩悶，便給黛玉
寫了封信。

1 黛玉看到信後，不禁為寶釵的境遇傷感起來。

2 為了放鬆心情，黛玉叫雪雁拿來紙筆，寫了四章詞。然後配上琴譜，彈奏起來。

3 寶玉剛好經過瀟湘館，聽見琴聲，就想進去看看。突然，琴聲轉韻了，他正想去問，卻被丫鬟找了回去。

4 過了幾天，寶玉向黛玉問起那天琴聲突然轉韻的事。黛玉說琴聲就是心聲，變化沒有規律。寶玉一時無言以對。

5 這天，黛玉剛起牀，就聽到雪雁在門外對紫鵑說：「聽侍書說，寶玉定親了！」

6 黛玉聽了，心裏又痛又恨，精神恍惚，渾身無力地躺倒在牀上。紫鵑猜她定是聽到了什麼，但又不好意思問。

7 此後，黛玉吃得越來越少，似乎存心折磨自己。紫鵑和雪雁都很擔心，但又毫無辦法。

8 沒幾天，黛玉就虛弱得奄奄一息了。紫鵑見她這個樣子，都快絕望了，就讓雪雁留在房裏照顧她，自己去找賈母。

9 剛巧探春的丫鬟侍書來了，雪雁忙問她寶玉定親的事。侍書說：「還沒定下來呢，其實老太太是想親上加親。」

10 正說着，紫鵑掀開簾子進來說：「你們在這裏提寶玉的親事，不如直接去逼死姑娘好了！」這時，黛玉咳了一聲，說要喝水。

11 紫鵑忙倒了半杯溫水給黛玉。原來，黛玉聽到了侍書的話，以為賈母要給她和寶玉定親，心情就好多了。

12 這時，賈母和王夫人等人過來看黛玉，見黛玉並非像紫鵑說的那麼嚴重，囑咐了幾句就回去。

13 回到房中，賈母對王夫人說：「黛玉恐怕不是長壽之人，還是寶釵配寶玉最合適。不過，寶玉定親的事先不要讓黛玉知道。」

14 鳳姐聽了，吩咐眾丫鬟：「寶二爺定親的事，不許亂說。如果有人多嘴，就小心自己的皮！」丫鬟們嚇得噤聲。

第三十一回
丟失通靈玉

在大家的悉心照料下，黛玉的病情漸漸好轉。

1 這天，黛玉正在整理詩稿，聽見外面人聲嘈雜，便叫紫鵑去打聽發生了什麼事。

2 一個丫鬟告訴紫鵑：「怡紅院裏那幾株枯萎了的海棠樹開花了，大家都去看，老太太也去了。」紫鵑忙回來告訴黛玉。

3 黛玉聽說賈母也去了，就叫紫鵑幫忙整理好衣服，一同往怡紅院走去。

4 黛玉來到怡紅院，上前向賈母請安，然後坐下來說話。賈母心裏高興，設宴讓大家一起賞花玩樂。

5 探春認為海棠此時開花不是好兆頭。李紈卻說：「一定是寶玉喜事近了，花開報喜呢！」黛玉聽了，心裏暗暗高興。

6 筵席散後，襲人發現寶玉沒有佩戴通靈寶玉。寶玉說：「可能是剛才換衣服時拿下來，一時忘記戴上。」

7 襲人聽了，就叫屋裏的人一起找，可是翻遍全屋，都沒有找到通靈寶玉。寶玉又急又怕，不由得大哭起來。

8 探春聞訊趕來，讓人關了院門，然後對眾人說：「誰能找到玉，重重有賞。」眾人聽說有重賞，就又找了一遍。但是，石頭下、草叢中都仔細翻看了，仍然不見玉的蹤影。

9 眾人知道此事不能瞞下去，正要去報告賈母，王夫人、鳳姐聞訊而至。襲人、探春等人只好如實稟告。

10 鳳姐說：「事情如果張揚出去，偷玉的人可能會毀玉銷贓，不如暗中查訪，哄騙出來。」王夫人覺得有理，就讓她依此去辦。

11 夜裏，黛玉躺在牀上，想到通靈寶玉不見了，就折散了金玉良緣，又怕失玉是不祥之兆……想來想去，一整夜都沒睡好。

12 自從通靈寶玉不見後，寶玉整日精神恍惚。王夫人十分擔心，後來從賈璉那兒得知哥哥王子騰升了內閣大學士，才轉憂為喜。

13 忽然有一天，賈政滿臉淚痕地回來說：「元妃突然得病，請老太太進宮。」賈母聽了，邊唸佛邊穿戴整齊進宮。

14 和家人見面沒多久，元妃就去世了。賈母等人失聲痛哭。

15 處理完元妃的喪事，賈母回來發現寶玉的異樣，就生氣地問發生了什麼事。王夫人只好如實稟報寶玉失玉的事情。

拾玉送還者得銀萬兩！

16 賈母急得眼淚直流，忙叫賈璉懸賞：「拾玉送還者得銀萬兩！」接著，又叫襲人收拾好衣物，讓寶玉和自己住，方便照顧。

17 賈政一回來就問王夫人「懸賞尋玉」是怎麼回事。王夫人說：「這是老太太的主意。」賈政不敢違抗，只是抱怨了幾句。

18 懸賞之後，真的有人送玉來了。賈母讓襲人把玉拿給寶玉看，卻發現是仿製的。眾人空歡喜一場。

第三十二回
暗設調包計

賈府禍事連連，賈政卻在這時被派去江西做糧道。

1 眼看啟程在即，賈政想到寶玉的事，不禁憂心萬分。正想着，賈母派人叫他過去。

2 賈母說：「寶玉病成這樣，算命先生說，要幫他娶個金命的人來沖喜，病就會好了。」賈政說這件事交給母親全權處理。

3 襲人知道這件事，心裏很高興，可是一想到寶玉心裏只有黛玉，如果知道要娶的是寶釵，一定不肯，於是急忙去找王夫人。

4 襲人將寶玉和黛玉互相喜歡的事告訴了王夫人，並請王夫人想個萬全的主意。

5 王夫人立刻去找賈母商議。鳳姐獻計道：「我們不如來個調包計，告訴寶玉娶的是黛玉，而實際上卻是娶寶釵。」

6 賈母和王夫人都同意了。接着，鳳姐警告丫鬟和僕人，一定不能把這件事洩露出去，否則決不輕饒。

7 第二天，黛玉帶着紫鵑到賈母處請安。走到半路，黛玉發現忘記帶手帕，就讓紫鵑回去取，自己則慢慢地邊走邊等。

8 正巧黛玉見到一個小丫鬟在哭，就問她為什麼哭。丫鬟說：「我只是説了一句『寶二爺要娶寶姑娘』，姐姐就打我。」黛玉聽了如五雷轟頂。

9 黛玉恍恍惚惚地站在那裏，見紫鵑取了手絹回來，就説：「我問問寶玉去！」紫鵑只好扶着她去見寶玉。

10 寶黛二人見面卻不説話，只是對望着傻笑。黛玉問寶玉：「你為什麼病了？」寶玉説：「我為林妹妹病了。」

11 見此情景，襲人忙讓紫鵑攙扶黛玉回去。剛到瀟湘館門口，黛玉就「哇」的一聲吐出一口血。

12 賈母知道了這件事，便和王夫人、鳳姐一起來到瀟湘館，見黛玉神志不清，便請了大夫來看。

13 走出門外，賈母就對鳳姐說：「不是我咒林丫頭，這病恐怕難好。她若不是心病，我花多少錢也捨得治，若是心病，我也沒辦法了。」

14 回到賈母的住處，鳳姐說：「我們還是趁早辦了寶玉的親事吧，不如明天請薛姨媽過來商量？」賈母同意了。

15 第二天，鳳姐想試探一下寶玉，就問他：「把林妹妹許配給寶兄弟，好不好？」寶玉一聽，大笑着拍手。

16 再說薛姨媽雖然怕寶釵受委屈,但想到薛蟠不爭氣,家裏也無人可依靠,就同意了鳳姐等人的主意。

17 薛姨媽把這事告訴了寶釵,寶釵難過得低頭垂淚。薛姨媽安慰了很久,寶釵才平靜下來。

18 又過了一天,薛姨媽叫人把帖子送到賈府去,賈璉立刻過來商議寶玉迎親事宜。第二天,賈府便下了聘禮,寶玉和寶釵的婚事就這樣定下來了。

第三十三回
魂歸離恨天

得知寶玉的親事後，黛玉的病情越來越嚴重了。

1 這天，黛玉一醒來就掙扎着要起來。紫鵑和雪雁連忙過去扶她坐好。

2 黛玉說：「我要我的詩本和手絹。」紫鵑連忙打開箱子拿給她。那手帕是寶玉送給黛玉的定情信物，她在上面題了詩。

3 黛玉一拿到手絹，就拚命地撕，可她太虛弱了，根本撕不開。她又恨又怒，把詩稿和手絹都扔進火盆裏全燒了。

4 第二天早上，黛玉又咳又吐。紫鵑看情況不妙，就去找賈母。但賈母不在，那些僕人也不告訴她賈母的去處。

5 最後，一個丫鬟説：「寶玉今天娶親，太太們吩咐不許讓你們知道。」紫鵑恨極那些人的無情，哭着回瀟湘館。

6 紫鵑一進門就看到李紈。李紈拉過紫鵑的手説：「林姑娘恐怕不行了，你給她換衣服，準備後事吧！」

7 這時，一個人衝了進來，把李紈嚇了一大跳，原來是平兒。平兒説：「二奶奶不放心，讓我來看看林姑娘。」

8 正說着，一個僕人進來傳話，說賈母讓紫鵑去扶新娘子。紫鵑不忍心丟下黛玉，不肯去，便打發雪雁去了。

9 寶玉以為今天要娶黛玉為妻，開心得手舞足蹈。雪雁在門外看到了，心裏又氣又恨。

10 這時，新娘坐的轎子來了，樂師們奏起喜樂。等轎子停穩後，雪雁扶着新娘走出轎子。

11 寶玉看見雪雁扶着新娘，便認為新娘是黛玉無疑了，喜笑顏開。在眾人的祝福聲中，寶玉和新娘拜了賈母等人後，兩人又轉身夫妻互相對拜。

12 各種儀式結束後，僕人、丫鬟就簇擁着新郎新娘入新房洞房。

13 來到新房，新娘在牀上坐下。寶玉走到新娘跟前，迫不及待地伸手揭開了蓋頭，一看是寶釵，不由得愣住了。

14 寶玉定了定神，指着寶釵輕聲問襲人：「新娶的寶二奶奶是誰呀？」襲人笑着說是寶釵。

15 寶玉聽了，就鬧着要去找林妹妹。賈母只好命人哄他睡下，又讓鳳姐去安慰寶釵。

16 另一邊廂，黛玉躺在牀上，拽住紫鵑的手，說：「我的身子是乾淨的，你讓他們送我回南方去。」紫鵑早已哭得說不出話來。

17 不一會兒，探春來了。她摸了摸黛玉的手，發現已經涼了，只好哭着叫人端水來給黛玉擦洗。

18 紫鵑正要給黛玉擦洗，猛然聽到她高聲叫道：「寶玉！寶玉！你好……」話沒說完，便斷了氣。

19 鳳姐將黛玉的死訊告訴賈母。賈母想去園中痛哭一場，被王夫人勸住了，只好吩咐鳳姐盡心打理黛玉的喪事。

第三十四回
哭靈祭黛玉

寶玉娶妻的第二天，賈政就要去上任了。

1 賈母讓襲人扶寶玉出來行禮。賈政囑咐寶玉好好唸書，然後坐上馬車出發了。

2 到了新娘回門的日子，一同前往薛府的寶玉連人也認不清了。薛姨媽見他這副模樣，十分後悔答應了這門親事。

3 回家後，寶玉病情又加重了。很多名醫都查不出病因。後來，寶玉吃了一個窮大夫開的藥，身體狀況才好了些。

4 等到大家散去，房裏只有襲人時，寶玉問黛玉在哪裏，還說自己快死了，想和黛玉死在一起。

5 寶釵恰好過來，聽見寶玉的話，便如實告訴他，說：「在你娶妻的時候，林妹妹就死了。」寶玉一聽，哭倒在牀上。

6 恍惚中，寶玉似乎來到地府，看見一個人走來，便上前打聽黛玉的消息。

7 那人說：「林黛玉不同常人，無處可尋。」說完，取出一塊石頭，扔向寶玉。寶玉覺得胸口一痛，想要回家，卻找不到路。

9 寶玉一天天好轉，老是說要去拜祭黛玉。賈母徵詢大夫的意見，大夫說：「讓他去吧，散了心再用藥。」賈母只好答應。

8 忽然，寶玉聽見有人叫他，睜眼一看，發現賈母、王夫人、寶釵等人正圍着他哭叫。寶玉出了一身冷汗，反而覺得舒服多了。

10 靈堂裏，寶玉問紫鵑，黛玉臨終前說了什麼。紫鵑便把黛玉焚絹化詩和送靈柩回南方的話告訴了他。寶玉聽了，痛哭起來。

163

11 這天，賈母、鳳姐和薛姨媽一起聊天，說起黛玉，都無限傷感。鳳姐為了活躍氣氛，就說了件趣事。

12 原來，鳳姐剛剛路過新房，看見寶玉拉住寶釵求她說話。寶釵急得一扯，寶玉便撲到她身上，寶釵羞得罵了寶玉。

13 賈母、薛姨媽聽了，都大笑起來。薛姨媽說女兒性情古怪，賈母卻稱讚寶釵自重。

14 寶玉雖然病好了，卻失去了往日的靈氣，只是仍然任性，整日在園中遊逛。襲人不禁感歎：「靈性不存，秉性未改。」

第三十五回
賈府禍連連

寶玉病好了，本該高興，不料災禍接二連三地降臨到賈府。

1 賈政上任後，執政非常嚴格。管門的李十兒勸賈政別管得太嚴，必須先站穩腳跟，打好基礎，可是賈政不聽。

2 一天，賈政收到同鄉周瓊的來信，信上說他調至海疆，特來求親。賈政就寫了一封信，告訴賈母和王夫人求親之事。

3 寶玉得知賈母等人要將探春遠嫁，撲在牀上大哭：「姐妹們都走了，日子沒法過啊！」寶釵勸了很久，寶玉才平復下來。

165

4 這天晚上，鳳姐去看探春。夜黑風冷，鳳姐獨自走在園裏，聽見有人說話，卻看不見人影，嚇得掉頭就跑，回去以後就病倒了。

5 不久，探春出嫁。她的嫂子尤氏來大觀園送探春，回去後就發燒了。

6 大觀園越來越冷清，關於妖魔鬼怪的謠傳也越來越多。賈赦不信邪，帶了幾個手持棍棒的僕人進園，想看個究竟。忽然，「呼」的一聲飛出一團東西。大家都說見到妖怪，叫喊着衝出園子。賈赦無奈請來道士除妖。一番折騰後，道士說妖怪已除。

7 這一天，賈璉慌張地跑來說賈政被參了一本，降職三級，並令即日回京。

8 王夫人知道後，心裏反而高興。原來，賈政外出當官那麼久，不但沒送錢回來，還從家裏要了好些銀子去倒貼。

9 正說着，薛家的僕人慌張地走進來，說夏金桂死了。王夫人忙讓賈璉去看看到底是怎麼回事。

10 賈璉到了薛家，見寶蟾和香菱都被綁着跪在地上。寶蟾說是香菱毒死了夏金桂。賈璉聽了，匆匆去報官。

11 不久，夏金桂的母親和兄弟聞訊趕到，想打薛姨媽。辛虧賈璉帶了家丁及時趕來，把夏家的人拉了出去。

12 這時，一個丫鬟說，金桂是喝了寶蟾做的湯才死的。眾人在府裏搜查了一遍，從金桂的房裏找到了一張包老鼠藥的紙。

13 寶蟾為了證明自己的清白，只好說出事情真相。原來，夏金桂在湯裏下了毒，原本想害死香菱，沒想到自己誤喝丟了性命。

14 金桂的母親自知理虧，就跟薛姨媽商量，由夏家出面請官府的人來處理。薛姨媽見能大事化小，就同意了。

第三十六回
賈府遭查抄

薛家的事暫時解決了，但是賈府的厄運並未結束。

1 賈政降職回到家，見寶玉氣色比他離家時好了很多，他也如釋重負。

2 第二天，賈政宴請親朋好友。大家正吃得高興，錦衣衛帶着手下忽然闖了進來。接着，西平王也來了，府役將前後門死死地把守住。眾人不知發生了什麼事，都呆坐在原地。

3 西平王宣旨道：「賈赦仗勢凌弱，辜負朕恩，革去世職。欽此。」說完，命人帶走了賈赦。趙堂官等立刻抄封寧、榮兩府。

4 賈母等女眷此時正在舉辦家宴，忽然聽寧國府的人來報說要抄家，頓時嚇得魂飛魄散。鳳姐聽了，當場昏倒在地。

5 查抄時，官兵在賈璉房中搜出一箱高利貸借券。賈璉見鐵證如山，只好跪地認罪。他和賈赦都被帶走了。

6 薛蟠的表弟薛蝌趕來，說這次查抄是惜春的哥哥賈珍引誘世家子弟賭博，逼死良民引起的。賈政急得直掉眼淚。

7 正說著，丫鬟來報說賈母昏過去了，賈政忙去見母親。王夫人餵了藥，賈母才慢慢醒過來。

8 賈母虛弱極了，看著賈政說：「兒子啊，沒想到還能見到你！」賈政安慰她：「放心吧，他們很快就會放出來的。」

9 第二天，王爺府的長史來傳皇上口諭：賈赦的財產充公，其他人的退還；賈政官復原職。賈政連忙叩頭謝恩。

10 不久，賈璉獲釋回家。平兒提議請大夫給鳳姐看病，他卻罵道：「我的命都保不了，還管她！」鳳姐聽了很難過。

11 為了請北靜王和西平王照應賈赦、賈珍等人，賈政變賣了一部分田地，把得來的銀子拿去疏通人脈。

12 這天，史家派人來報喜，說湘雲要出嫁了，姑爺人品才學極佳。賈母聽了很是欣慰，叫來人代祝湘雲兩口子白頭到老。

13 一天，賈政讓僕人拿來家中的賬簿，發現家中早已入不敷支，氣得踩腳說：「這樣花錢，這個家不衰敗才怪呢！」

14 又過了幾天，聖旨下來了，說賈赦、賈珍罪名屬實，兩人均革去世職，發配邊疆；賈政仍襲世職。賈母聽了，不禁傷心落淚。

15 賈赦、賈珍來給賈母請安。賈母讓賈政去打點兩人的路費，賈政只好把賬上虧空的事告訴賈母。

16 賈母讓鴛鴦將自己的積蓄拿出來分給賈赦、賈珍，還特意拿出五百兩銀子交給賈政，讓他送黛玉的靈柩回揚州。

17 這時，平兒慌張地跑來說鳳姐病危，賈母忙去看望。鳳姐見賈母不怪自己放高利貸為賈家添罪，心裏好受了一些。

18 賈赦、賈珍等人收拾好行李就上路了。賈政和寶玉一直送他們到城外，才揮淚告別。

第三十七回
生日重開宴

賈政承襲了世職,賈家的日子總算安穩了些。

1 賈母和鳳姐的身體逐漸好轉。這天,湘雲來看望賈母。聽說湘雲嫁了個好夫婿,賈母很安慰。

2 不久,寶釵的生日到了,賈母想借這個機會讓大家好好熱鬧一下,就叫鴛鴦準備了酒席,請薛姨媽、李紈、寶琴、迎春等人過來,為寶釵慶生。大家聊着聊着,便憶起往事。

3 席間，迎春説：「前陣子府裏被抄，丈夫不讓我來看望，怕跟着倒霉。現在見沒事了，才讓我來。」説着，哭了起來。

4 賈母讓迎春別提傷心事，還招呼大家坐下來吃飯。然而，氣氛總是熱鬧不起來。寶玉突然想起黛玉，便離席而去。

5 襲人忙跟出來勸他回去。可是寶玉不聽，直接走進大觀園。來到瀟湘館外時，寶玉聽見裏面有哭聲，便跟着哭起來。

6 賈母見寶玉不在，就叫丫鬟秋紋去找他。秋紋來到大觀園，見寶玉傷心無神的樣子，就和襲人一起拉着他回去見賈母。

7 賈母訓斥襲人不該帶寶玉進大觀園。鳳姐想起自己曾在園中受驚,也埋怨寶玉膽子太大了。

8 回到席上,大家正說得高興,迎春的婆家就派人來接迎春回去。迎春依依不捨地告別了賈母。

9 當天晚上,薛姨媽與寶釵商量為薛蝌籌備婚事。寶釵無心主理,就讓母親拿主意。

10 回到房裏,寶釵無意中說:「生前再有情意,死後也要各奔東西了。」寶玉想:怎麼我天天想念林妹妹,卻從沒夢見過她?

11 寶玉心想，換個地方睡覺也許能夢見黛玉，於是就到外面睡。臨睡前，寶玉還坐在牀上祈禱一番。

12 直到天亮醒來，寶玉也沒有夢到黛玉。他不禁感歎道：「悠悠生死別經年，魂魄不曾來入夢。」

13 寶玉昨夜沒有夢見黛玉，不肯罷休，要繼續睡在外面。寶釵知道勸也沒用，就沒說什麼，只叫麝月在外面照顧寶玉。

14 幾天以後，寶玉依然沒有夢見黛玉，自覺對不起寶釵，就搬回房睡覺。寶釵會心地笑了。

第三十八回
賈母歸地府

寶釵生日後沒幾天，賈母便病倒了。

1 賈政忙請大夫來把脈，誰知賈母吃了藥後，病情反而加重了。

2 賈政見狀，就請了假，日夜在牀邊伺候。此時，賈母得知迎春病危、湘雲的丈夫得了重病，心中悲痛，病情更嚴重了。

3 大夫為賈母診斷後，說：「情況不太好，你們做好心理準備吧。」賈璉會意，偷偷地把這些話告訴賈政，又叫人準備壽衣。

4 這天，一直昏昏沉沉的賈母忽然睜開了眼，說：「倒一杯茶給我喝。」眾人聽了，忙遞上一杯茶，服侍她喝下。

5 喝了茶，賈母的精神好了一些，就對寶玉說：「寶玉啊，你要爭氣才好。」寶玉跪在牀邊，難過地哭了起來。

6 賈母又說：「鳳丫頭呢？」鳳姐連忙走到牀邊。賈母說：「你太聰明了，將來積積善德吧！」說完，就斷了氣。

7 賈母病逝的消息傳入皇宮，皇上念及賈家世代功勳，就賞賜了一千兩銀子。

8 賈母家人向各處報喪，而葬禮的一切事務都落在鳳姐頭上。鴛鴦跪着求她辦得風光些，賈璉卻說要一切從簡。鳳姐聽了，左右為難。

9 喪禮上，來弔唁的人很多，但鳳姐身體不適，沒有出去接待，只在屋裏幫忙。眾人見了，都覺得她沒有用心治喪。

10 李紈看出鳳姐的難處，就對鴛鴦說：「不是她不想把葬禮辦得風光，而是她手上沒有銀子。」鴛鴦聽了，就不再責怪鳳姐了。

11 喪禮的第二天夜裏,鳳姐因為體力不支,沒法做事。一個丫頭暗諷她偷懶,鳳姐氣得當場噴出一口血。

12 平兒急忙攙扶鳳姐進屋休息,然後打發丫鬟跟邢、王兩位夫人報告。

13 邢夫人正在接待客人,雖然懷疑鳳姐裝病偷懶,但見那麼多人在場,也不方便抱怨什麼,就說:「叫她好好休息吧!」

14 到了五更,賈政要送賈母的靈柩到寺廟裏停放,便交代惜春、鳳姐看家,其餘的人都跟隨去寺廟守靈。

第三十九回
雪上又加霜

眾人去了守靈後，府裏顯得空蕩蕩。

1 深夜，惜春忽然聽見有人大喊捉賊，從窗戶往外瞧，只見幾個強壯大漢翻牆而入，站在院裏四下張望。

2 賊人見惜春房裏亮着燈，就想端門而入。正在這時，看管園子的僕人包勇拿着木棒趕過來，一棒子就將一個賊人打倒在地。府裏其他僕人聞聲陸續趕到，將這幫賊人打得翻牆逃跑。

3 眾人趕忙來到賈母屋內，發現房裏的箱子全被翻得亂七八糟。鳳姐只好派人去通知賈政。

4 惜春見自己看家期間出了這麼大的事，怕叔叔賈政回來怪罪，整晚坐立不安。鳳姐只好留在房中陪她。

5 僕人來到寺廟，說了府裏被盜的事。賈政又急又怒，匆忙安排好守靈事宜後，就帶着邢夫人、王夫人快速趕往家裏。

快去請大夫！

6 等他們趕到家，鳳姐因舊症未癒，加之操勞過度，已經昏迷不醒了。賈政忙讓人去請大夫。

7 鳳姐自知做過不少壞事，心存愧疚，所以躺在牀上也不得安寧，經常大汗淋漓地從噩夢中驚醒。

8 這時，劉姥姥聽說賈府接連發生不幸，特地來拜望。說了一會兒話，鳳姐就讓女兒巧姐過來見劉姥姥。

9 平兒怕鳳姐太累，就叫劉姥姥出來喝茶，還偷偷地問她鳳姐的病能不能好。劉姥姥搖了搖頭，說：「我看是好不了！」

10 過了一會兒，賈璉進來問平兒拿錢，說是償還老太太喪事的費用，卻對鳳姐的病情不聞不問。

11 劉姥姥說村子裏有間廟宇十分靈驗，鳳姐就請劉姥姥幫忙祈福消災。劉姥姥答應了，辭別鳳姐，往廟裏趕去。

12 只可惜，劉姥姥的祈福沒有用，當天夜裏，鳳姐就死了。因為沒錢，喪事辦得很簡單。鳳姐的哥哥王仁見了，大罵賈璉。

13 巧姐說：「父親也想辦好，可是沒錢。」王仁說沒錢只是藉口，不過是巧姐想把銀子留着給自己做嫁妝罷了。巧姐氣得哭了。

14 平兒見賈璉為銀子的事弄得焦頭爛額，就拿出自己的私房錢給賈璉應急。賈璉非常感動。

第四十回
出家斷紅塵

賈家連番遭禍，和他們有些交情的甄家特來探望。

1　甄家有個少爺，也叫寶玉，相貌舉止跟賈寶玉極為相似。

2　剛開始，寶玉以為甄寶玉與自己志趣相投，但交談後卻發現甄寶玉是個一心追求功名利祿的俗人，心中失望不已。

3　寶玉回到房裏舊病復發，總是發呆傻笑，病情一天比一天嚴重，大夫也自歎無能為力。

4 於是，賈家懸賞一萬兩銀子尋求名醫。這天，一個和尚來到榮國府門口，手裏舉着通靈寶玉，高喊着：「快拿一萬兩賞銀來！」

5 賈政連忙請和尚進屋。那和尚來到寶玉牀前，說：「寶玉，你的『寶玉』回來了！」寶玉睜開眼，問：「在哪裏？」

6 和尚把手中的玉交給寶玉。寶玉舉着通靈寶玉仔細端詳，突然說：「哎呀，久違了！」眾人見寶玉開口說話，都放下心來。

7 王夫人和寶釵正準備湊銀子，卻發現那和尚已經走了。寶玉說：「他恐怕不是為銀子而來。」他清醒過來，心中生起了出家的念頭。

8 不久，寶玉痊癒了。賈政囑咐寶玉和李紈的兒子賈蘭好好準備科舉考試，自己則帶人護送賈母的靈柩回南方安葬。

9 寶玉病好以後，性情變得十分古怪，不僅迷上了佛道之書，連兒女情緣都看淡了，對寶釵、襲人也十分冷淡。

10 寶釵和襲人看在眼裏，急在心裏，都勸寶玉多讀一些對科舉考試有幫助的書。

11 寶玉聽了，就把佛道之書放在一邊，又讓人收拾出一間靜室，獨自在屋裏埋頭苦讀，連去向王夫人請安也打發別人代勞。

12 因為經歷了家道變故，惜春不顧家人勸阻，出家做了尼姑。而黛玉死後，被派伺候惜春的紫鵑，以終身侍候主子為由，也跟着出家了。

13 寶玉得知後，大笑道：「這是好事！」寶釵、襲人早知道他有出家的打算，此刻聽他這樣一説，不禁掩面痛哭。

14 寶玉和賈蘭將要赴考。臨行前，寶玉跪下給王夫人叩了三個頭，感謝母親的養育之恩。

15 科舉考試結束了，卻見賈蘭獨自回來，他哭道：「寶二叔不見了！」王夫人一聽，當場昏死過去，寶釵也震驚得愣在一旁。

16 不久，官府送來喜報，說寶玉和賈蘭都中了舉人，眾人欣喜若狂。但寶釵心裏卻無限悲苦。

17 再說賈政扶靈途中，從家書中得知寶玉、賈蘭中舉，寶玉卻走失了，感到很煩悶。他安葬好賈母，就乘船匆匆趕回家中。

18 這一天，船中途靠岸。賈政忽然看見寶玉跪在岸邊向他叩頭，他想叫住寶玉，但寶玉卻與一僧一道飄然而去。只聽到他們三人中，不知是誰在唱：「我所居兮，青埂之峯；我所遊兮，鴻蒙太空。誰與我遊兮，吾誰與從；渺渺茫茫兮，歸彼大荒。」賈政追到山坡上，三人就不見了。

19 賈政把遇見寶玉出家一事寫在信中。王夫人讀信後，忍不住感歎寶釵命苦。

20 寶釵知道寶玉銜玉而生，不同凡人，而且早猜到他有出家打算，所以倒不是特別難過，反而溫柔安慰王夫人。

21 賈政回到家後，想到家境大不如前，就把丫鬟們都打發走了。

文妙真人。

22 後來，皇上問起寶玉的事，賈政如實說了。皇上賜寶玉「文妙真人」之號。至此，頑石上的故事落下了帷幕。

孩子愛讀的漫畫四大名著

紅樓夢

原　　著：曹雪芹
改　　編：幼獅文化
責任編輯：陳奕祺
美術設計：張思婷
出　　版：園丁文化
　　　　　香港英皇道 499 號北角工業大廈 18 樓
　　　　　電話：(852) 2138 7998
　　　　　傳真：(852) 2597 4003
　　　　　電郵：info@dreamupbooks.com.hk
發　　行：香港聯合書刊物流有限公司
　　　　　香港荃灣德士古道 220-248 號荃灣工業中心 16 樓
　　　　　電話：(852) 2150 2100
　　　　　傳真：(852) 2407 3062
　　　　　電郵：info@suplogistics.com.hk
印　　刷：中華商務彩色印刷有限公司
　　　　　香港新界大埔汀麗路 36 號
版　　次：二〇二二年六月初版
　　　　　二〇二三年一月第二次印刷

ISBN: 978-988-7625-07-0
Traditional Chinese Edition © 2022 Dream Up Books
18/F, North Point Industrial Building, 499 King's Road, Hong Kong
Published in Hong Kong SAR, China
Printed in China